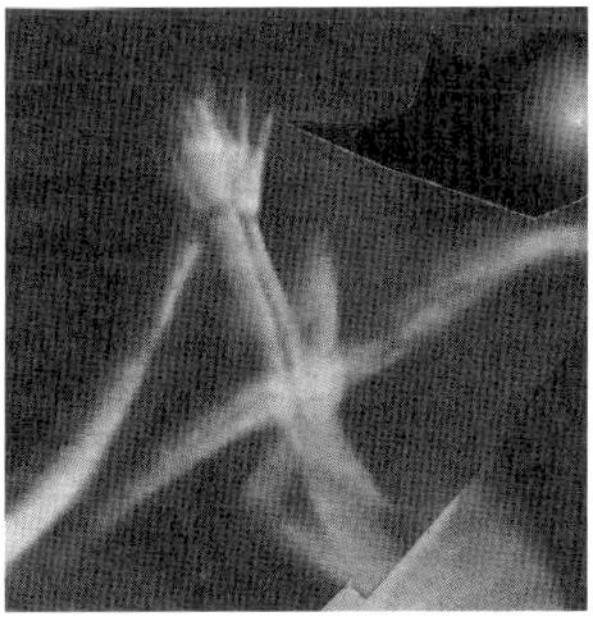

傳奇集

Kitagawa Tooru

北川 透

思潮社

傳奇集

北川透

思潮社

装幀・装画（コラージュ）＝毛利一枝

I　ゴーギャンの島

カオス

　わたしは港から港へと渡り歩く、荒くれ船員たちとの恋にやつれた、ひとりの老女でございます。ハッハ。のっけからウソついちゃった。本当は間抜けな海坊主、でもないか、母恋しやと身悶えする、ハッハ、老いた辻説法師に過ぎません。ハッハ、ハッハ。娑婆と冥土の境にて、ウソまかせ、出まかせ好きのことばの化け物。微風に吹かれただけでも、ハッハ、精いっぱい鳴ってみせるラッパです。

　これから語る退屈な絵空事など、いまさら、誰が耳を傾けるもんですか。わたしは安宿の嫌な臭いの朝の定食です。臆病でろくにものも言えない、賞味期限の切れた固パンかも。わたしが生涯の最後に流れ着いた港街は、すべてが死の鉄骨に囲まれている、どん詰まりの場所でした。はいはい、さようで、この街を流れる海峡が、あらゆるものを飲み込むのです。

春の陽射しの降り注ぐ、こけおどしの夢タワー。海から奪い取ってきたばかりの新鮮な脳味噌を並べている魚市場。低カロリーのローストビーフを食べさせる、レトロな英国領事館。青黴臭いビジネスホテル。次から次へと店仕舞いの自動シャッターが降りる商店街。そして、熱情の火の粉と悪疫をまき散らした、革命や戦乱の記憶を溶かし込んで流れる海峡。日々、東から西へ西から東へと方向と速さを変えて流れている。

夜の海峡を見てご覧。細長い提灯行列が渡って行くよ。カスカスの中身の糸瓜の群れが、ポコポコ泳いでいたりもする。みんな濃い霧のいたずらだ。夭折した志士たちの怨みのウンコだ。喪われた未来に飛ぶ、夢想のちぎれ雲だ。西方は内モンゴル、ゴビ砂漠から飛来する黄砂だ。ああ、きょうも視界不良、昨日も明日も視界不良。まずは新しい死海文書を探し出せ。そして、まるごと剽窃せよ！

対岸の火葬場のグニョグニョ伸びる煙突が怖い。捕獲すればするほど、ゴミ箱から湧き出てくる野良猫の光る眼が怖い。季節の移り変わりまで支配しようとする世界権力、信仰を強要する、手前勝手な食いものを盛りつけたドンブリを、ひっくり返せ。敵味方が入り乱れて甘い汁を吸う、武装した聖なる手の歴史を怖れよ。人間は一度だって、神の前に平等だったことはない。絶滅した世界中のレッド・マン、原インディアンを探せ！

ひそかに疾走する、幸福という名の重戦車。その圧力に轢死する無名の身体の無数の赤い筋。非力の文化を支える、無数の弱々しいことばの管。彼らは国境を越えた土建屋システムの道具や資材や労力として、何の意味もなく浪費されてきました。それらは辛苦にあえいだ牛馬の汗と、歓喜を背景にした愛の茶番劇でしたね。いいえ、真に受けてはいけませんよ。こんなやくざなメフィストフェレスの悪意や絶望も、いまではただの張り子のトラでございます。そんなものは、鬱の小部屋のお飾りにもなりません。

身近な精神科の監視病棟の内部にうごめく淡い影も、遥かな地の果て、氷河地帯に生える健気な植物の芽も、危ういイノチの姿は同じです。でも、港街で唯一つ、巨大な身体で呼吸している流動体、海峡という魔物。わたしはここに流れ着いて、この不定型な水の魔物の身体のなかに、すっかり封じ込められてしまいました。

魔物の表層部は、太陽の光彩を織り込んで白波を立てていますが、明かりの届かない底部の病巣部分は、不協和な叫びをあげ、暗く渦巻いています。その光の乱れる表層とそれの届かない深層は、流れや渦巻きの向きも異なる双頭の龍、変幻自在なイデオロギーでした。出口も入口も定かでない、この魔の流動体の周りをさまよい、わたしを探して迷路にはまり込み、不幸の糸を紡ぐしかないグレートヒエンを、いったい誰が救うのでしょうか。

漂着物

港街では、五月三日、安徳天皇を悼む先帝祭が、最高潮に達していました。ちょうど源平合戦を模した、五十艘もの漁船の海上パレードが、海峡を舞台にして進行しているさなかに、大騒ぎが起こったのです。平家の上﨟が着たという豪華な十二単衣に、うちかけをまとった若い女の溺死体が、海岸沿いの急流に浮き沈みしていたからです。パレードを見物していた大勢の観光客たちの通報で、県警のパトロール船も出動し、溺死体を引き上げてみると、それは人間ではなく、黒髪から手指の爪の先まで、精巧に拵えられた蠟人形でした。しかも、その引き締まった顔や白い胸肌は、鷲か鳶の鋭い嘴で突っつかれたように、傷つき血さえも流しているではありませんか。不審に思い、検視官が胸に耳を当ててみると、微かですが、心臓の鼓動が聞こえます。えっ！　人形は生きている……。

救急車が呼ばれ、蠟人形は近くの関門医療センターに運び込まれたのでした。いつもは危篤状態の患者を診る、集中治療室の診療台の上に、横たえられた蠟人形。彼女は看護師によって、十二単衣や長襦袢を脱がされると、生き生きしたマネキン、いや、微かに喘いだように見えた女の裸体が現れました。周りを取り囲んでいた医師や看護師、警察関係者は、息を飲んで、そのなまなましい姿を見つめました。顔や首筋は猛禽の襲撃を受けた痛々しい損傷がありますが、裸の皮膚は波に洗われ、なめらかでした。ところどころ、青白くなったり、水膨れしたりはしていますが、それがかえって淫らに感じさせる美しさを保っているのです。しかし、医者が掌で彼女の豊かな乳房に触ったり、口の中に人差し指を入れたり、股間の恥毛をつまんだり、搔き分けたりしても、いっさいの反応がありません。皮膚は冷たく固い蠟の質感を湛えていますし、口の中の舌には唾液が感じられません。

でも、医師や検視官が不審な表情を浮かべて、次々と聴診器を胸に当てたり、直接、耳をくっつけたりして聞くと、心臓はまだかすかに脈打っているようにも感じられます。思いつめた医師の一人が、解剖するしかないいな、と呟きました。もう一人の医師は、蠟人形を解剖するなんて、と皮肉っぽい薄笑いを浮かべました。看護師たちからは、低い溜息が洩れました。検視官が仲を取り持って、隣の部屋で少し冷静に話し合ってみては、と提案しました。治療室のドアに鍵をかけて、隣室に移り、喧々諤々の議論が始まりました。長時間の討議の果てに、ともかく解剖してみることに……。しかし、治療室にもどってみると、診療台の上の蠟人形は、こつぜんと消え失せ、床の上には、濡れた十二単衣とうちかけが、あられもなく散乱しているばかりでした。

ゴーギャンの島

カンバスの狭く三角に区切られた上辺は、
滝から落ちる白い水流が描かれている。
その手前の濃い緑の芝生の上に、
滝壺から這い上がってきた、
裸の少年の腕が伸びている。
この隅っこの少年が気になるのは、
うつむいた彼の顔から、
視線が感じられないからだ。

なぜ、この少年は顔をあげて見ないのだろうか。眼の前の芝生の上で、薄汚れている青いパンツを穿いた裸の少年と、赤いパンツを穿いた裸の少女が、両手を互いの背に回し、抱き合っている姿を……。と言っても、少年は横向きで大きく両足を開き、その腰の部分が、少女のいくらかめくれ上がった、赤いパンツの股のあたりに押しつけられているだけだ。少年の足は異様に太く逞しく、力仕事をする労働者のように頑丈だ。それを跨いで立っている少女の足は、細く華奢だ。横を向いている少年の肩に顎をのせている少女の眼は、うっとり開かれている。

滝壺で水浴びをしていた少年が、這い上がってきて眼を伏せたのは、眼前に見てはいけない光景を、見てしまったからではないか。

一枚の絵の前で作り上げた、このわたしの物語は、しかし……単なる妄想に過ぎなかった。

ゴーギャンが描いた絵の題名は、「格闘する子供たち」であり、抱き合っているのは、少年と少女ではなく、闘っている二人の少年だった。この絵が描かれた三年後、ゴーギャンは、パリに絶望し、南の楽園タヒチ島に向かう。フランスの植民地領フレンチポリネシアだ。ここでゴーギャンの絵は、タヒチのイヴたちを描いて、大きく開花する。

しかし、一九六三年フランス大統領ドゴールは、ここに太平洋核実験センターを設置し、三年後に近くのムルロア環礁で核実験を強行した。破壊されたのは、サンゴ礁だけではない。ゴーギャンの芸術への豊かに病んだ夢想が……。

悪路行く

わたしの身体は酸化して危険です
肌の表には錆びが浮き出ています

どこへ連れて行かれるんでしょう
目隠しされているのではないかも
ただ見えないというだけでしょう
車の中に横たえられているのかも
縛られている訳でもなさそうだが
自由を奪われているのは確かです
奪っている奴の正体が見えません

ひどい悪路を走っているのかもね
ガタビシガタビシ軋む音がします
わたしは揺れたり跳ねあがったり
ひび割れや破損が酷くなりました
体はボロボロでも心は笑っている

遠くのものは恐ろしい顔で近づき
近くのものは氷の眼差しで離れる
こころなんてものもあるのかしらん
夢と現の境は溶けてしまいました
黒い海に茜色の禍々しい空が落ち
地平線で両手をあげている人々は
泣いて万歳しているのでしょうか

行き先など誰にも見えていません
階段を上がった途端地響きたてて
落ちて行くばかりですがどこにも

大根や南瓜は転がっていませんね
魂送りのめんどうな儀式がすむと
暗闇から白い手が差し出されます

火刑

おれはおまえを
燃える薪のなかに投げ込んだ
そして　おまえに別れのあいさつをしようとしたが
用意していたはずの文句が出てこない
それもそのはず
投げ込まれていたのはおまえではなかった
おれが黒焦げになるのを見物して
笑い転げていたのはおまえだった
よくあることだ　まっくらやみだと思っていたのに
眼をしばたいたら　まひるまだったということは
それほどいまのいまを知ることはむずかしい

闇のなかなら　いくらでもこころを産みだせるのに
この明るさでは手にしたものはひからびるばかりだ
なにかが正面からも　背後からもぶつかってくる
いまでは不要になった未知の扉や
新しい風を吹き込む装置が　分解して浮遊している
このままでは花野が危ない　昆虫たちの瞼がつぶれる
どこにでもある無関心の壁から噴き出した霧が
無数の信仰に覆われた通路を流れていく
鈍い街灯には助けを求める信号がぶらさがり
もしかしたら　まだ生き延びている独房の窓に
誰も知らない緑の鳥の鳴き声が聞こえるかも知れない
しかし　おまえを最期の古びた靴と呼んだ
あの橋や水路たちは予感するだろう
やがてあの得意顔の遊具たちが次々と血を流すことを

II

傳奇集

ハルハリ島　徒然抄

ウェーキッピー

その小さな島では鳴き声が
すべて生き物の名前と化している
ハルハリ　ハルハリという鳴き声がすれば、
磯辺に棲息するハルハリがそこにいる
ヒトヒトブリース　ヒトヒトブリースという
囀りが聞こえるので空を見上げれば
嘴の鋭い怪鳥ヒトヒトブリースが
黒い大きな翼を広げて　獲物を狙っている
ゾオゾラゾゾラ　ゾオゾラゾゾラと鳴くのは

草叢に潜んでいる　赤い毒蛇ゾオゾラだ
深夜の闇の中で鳴く蛇は　世界に例を見ないだろう
この島では野性の雄鶏も　スットントンと呼ばれる
彼らは捕獲を逃れようとして　スットントンヒーヒー
スットントンヒーヒーと悲鳴をあげるからだ
海岸線に沿って巨大な岸壁が海に競り出している
岸壁もゴリィックリクリクと啼くので
ゴリィックリクリクと呼ばれる
打ち寄せる波もダールジェンサーと呼ばれている
島のどこにいてもダールジェンサー
ダールジェンサーと波の啼き声が聞こえる
人もまたウェーキッピーとお互いに呼び交わしている
今夜もまたダールジェンサー　ダールジェンサーの合間に
ウェーキッピー　ウェーキッピーと
咽び泣く声が聞こえる　しかし彼らは
泣いているのではない
笑っているのだ

ウェーキッピー　ウェーキッピー
ウェーキッピー　ウェーキッピー

先住民

ハルハリは頭が扁平で　左右に細長い耳が垂れている
吻が耳まで幅広く切れていて　首は太い
胴長でお尻に毛深い尾が丸まっている
大人になったハルハリの体長は
約一メートル　体重は四十キロくらいでずんぐりしている
丈夫そうな前脚が二つ　後ろ脚が二つ
四足は体壁から横に突き出ているが　内側に曲がっている
ハルハリは水陸両棲の哺乳類だから
海に入ると　この四本の脚が魚類の前鰭後鰭の役目をする
陸上では　のたりのたりとしか歩けず　動作は緩慢だ
雄は数が少なく　あまり見かけない

発情期は一年に春秋二回ずつ　月夜の晩に訪れる
その時期が来ると　雌は雄を求めて暗い渚を
ハルハリ　ハルハリと啼きながらさまよい歩く
雌はオスよりも体格がよく　身体も一回り大きい
交尾中　雌はひときわ高い声で鳴き続けるが
その時はハールハンハリィ　ハールハンハリィと
いつもと違って　うたっている調子に聞こえる
雄はいつもグーグー唸っているだけで啼く習性がない
ハルハリは赤ちゃんを一度に五、六匹産み
一匹だけ残して　後は残らず　食べてしまう
ハルハリはウェーキッピーを恐れない
彼らはこの島の先住民だからだ

病い

その島のウェーキッピーたちは

見るからに病んでいて
鼬のように痩せこけていて
いつも長い首を垂れて歩いていて
大きな四角い箱の中に棲んでいて
痛い　痛い　と楽しそうに泣いていて
痛い　痛い　とうめきながら笑っていて
気持ちよいのか辛いのか
二つの声は同一のウェーキッピーとは思えないが
異なるウェーキッピーとも思えず
四角い箱は分裂し　支離滅裂となってもかまわず
痛いねぇ　痛いねぇ　あんた
痛いって　楽しいねぇ　おまえ
心地よいって　苦しいわぁ
四角い箱が　転がったり　ぶっ潰れたり
いかに苦境に立たされていても
ウェーキッピーたちは笑うべき時に　泣き
悲し涙を流しながら　笑っているが

彼らが話す仰々しい形容詞は　血の気を失い
沈黙はたるんで　切れ切れの意味はつながらない
海馬が　時々　頭の中からこぼれて喘いでいる
皺くちゃで汚れて　たいそうくたびれているものの
死ぬ気配も　絶滅する気配もない
ウェーキッピーたちは　時々　思い出したように
飛んだり跳ねたりしている

匂い

ウェーキッピーたちは　名前を持たない　名前を持たないものは特定できないが　ハルハリ島では　あらゆるものが強烈に匂っているので　その匂いで区別できる　慣れてくると　しだいに匂いを感じなくなるが　消えるということはない　ウェーキッピーの女が結婚しているかどうかは　特有の匂いで判別できる　最初に性交した際の女陰の匂いが　彼女から生涯消えないからだ　スカンクの臭いは

強烈だが　彼は攻撃されなければ悪臭を分泌しない　しかし　ハルハリ島のあらゆるものが放出する匂いは　四六時中　島を厚く覆っている　雨が降ろうが　風が吹こうが　匂いが消えることはない　島の匂いが始末に負えないのは　夢の中まで侵入してくるからだ　夢の中で大きな黒い手に摑まって　断崖から突き落とされる時も　声なく真っ逆さまに落ちていく間中　島の匂いは身体から発散し続けている　そして　谷底で悲鳴をあげて飛び散った後も　ばらばらの肉を　海鳥が突っつきに来た時も　匂いは消えることがない

重い領域

重い領域が　ハルハリ島で生き残るためには　愛らしいものをことごとく打ちのめさねばならない
重い領域が　ハルハリ島で生き残るためには、長時間の潜水に耐えられるイルカにならねばならない
重い領域が　ハルハリ島で生き残るためには　熱狂的な愛島心を持

たなければならない　特におしゃべりで　ペテン師　道徳心のない
酔っぱらいの詩人たちは、遥か離れた孤島に隔離されねばならない

沖の白波　クジラさん　助けておくれ
マンボーさん　ハルハリ島の嫁ごはな
わしの思うようにはなってくれぬぞよ
ハルハリハルハリ　ウェーキッピー

信仰

ハルハリ島の純潔ハルハリ教団は朝起きると
東の岬の先端に集い　海から昇る
黄金のタトラバッチィに手を合わせる
タトラバッチィ　われらのタトラバッチィ
永遠のタトラバッチィ　われらに恵みをと
タトラバッチィに祈る

夕べには西の岬の先端に集い
真赤に染まった海に　タトラバッチィ
タトラバッチィと　泣きながら　感謝を込めて
タトラバッチィに祈る

純潔ハルハリ教団ではパラパラピーも
ピラピラパーも不要だった
彼らは自然の力に従順であり、逆らうことを知らない
彼らはあらゆるもののギャンギャンを祝い
スーミリやテットラカンを恐れない

彼らの内部では　ことばは不要だった　無言の謝意が
タトラバッチィのよろこびだからだ
オウギャラデーもなければ　アルメンゴッコリもない
ニャスメェジィもなければ　トルトリナンキーもない

ハルハリ島の純潔ハルハリ教団は　植物のように
動物のように　飢え渇く幸福に　充たされている
彼らのうち選ばれた者だけが
タトラバッチィと抱擁するために
夕陽の海に投身することが許される

ハルハリ島　異聞

棲息者についての註

ハルハリ　四足の水陸両棲の哺乳類。雌の名前。五、六匹の子供を産むが、一匹（多くは体格のいい雌）を残して後は食べる。
グーグー　ハルハリの雄。母に食べられるので。極端に数が少ない。ハルハリが生殖用にまた快楽用に、共有し、飼育している。
ヒトヒトブリース　黒い鷲に似た鳥。
ゾオゾラ　赤い一筋の縄の切れ端に見える毒蛇。
ウェーキッピー　形も大きさも生存形態もヒトに近い。全身薄い毛皮で覆われ、裸で暮らしている。男女両性器をもっている。性別はないのに、十三歳になると性を選択する断髪式を行う。女は長髪を許されない。誰とでも性交し、誰もが妊娠できる。しかし、出産を許されるのは長髪男だけだ。妊娠女は深夜秘かに海に入り、マルマンを仰ぎ見ながらウミナガシする。自然の風化作用でできた、四角い岩の箱の中に一人で住む。そんな大小の箱が、島に一五〇個ほどある。子供を除く棲息数も、四角い箱の数に等しい。その調節は産まれる子供の間引きによる。子供は十三歳で一個の箱が与えられるまで、どの箱への出入りも自由だ。家族も財産も作らない。知能指数の平均はヒトよりかなり低いと思われるが、数字、文字を所有している。この島での生存と生活に必要なことは、誰もがどの子供にも教える義務が課せられている。学校はないが、自然発生的な私塾はある。食べものは魚貝類、ヒーヒー、ギリギリ、山芋、昆虫、木の実、薬草等。それらを獲ったり、採集したりするために協同作業はするが、職業的労働も分業もない。完全自給自足で、貨幣はない。統治のシステムもない。意志の疎通はよくはかられ、事柄に応じて指導者はできる。自然の秩序が法だ。それに叛く者は、全員合議により、聖なるタトラバッチィの名で、断崖から海に突き落とされる。激しく渦巻く潮流にのみ込まれるが、泳ぎ帰ったものは許される。

スットントンヒーヒー　雄鶏に似た鳥。
ヒーヒー　雌鶏に似た鳥。
ギリギリ　山羊と猪のあいのこ。
ションネー　野兎か、化け猫か、それらを餌にする怪鼠か。
アンタラポッチ　偽天使風の大烏。
ギャラギャラボーイ　大魔王もどきか、難破船遭難者の亡霊か。

夜

わたしはハルハリ島に立っていた
夢の初めは　いつでも真っ暗闇
強い海風が吹き込み
そこに棲んでいるものたちは息をひそめ
全身で新参者を観察している

煙のように浮遊しているのは

色とりどりの自発光物質で明るくなっている
アンタラポッチたち　背中に生えている
安っぽい羽を震わせて　風と戯れる
底のない夜　渚のない丑三つ時

幾つもの平べったい顔を
闇のなかから抜いたり差し込んだりしている
老いたギャラギャラボーイ
ひどい白内障の彼が乗っている車椅子が
ギシギシギィーギィー軋んでいる

地図には記されていない島
時間の絶えた絶壁　転げまわる四角い岩の洞窟
そして　林立する木々の孤独
そして　一面に滴り落ちる死んだ生命の影
そして　苔生した墓石の下から

わたしは辛うじて　死が踏んづけている
岩戸を開け　おそるおそる這い出す
夜はアンタラポッチの笑い声や
ギャラギャラボーイのどなり声に
満たされている

エルドラド

三角のおもちゃの山々がかさなる麓に
バケツで水を流したような小川がある
可愛い少年少女の顔をした悪鬼たちが
赤黄青色の肌をさらして遊泳している
ハルハリ島随一の美観をもつエルドラ
ドだがここで遊ぼうとする者はいない

偽造

ハルハリ島について語っている者はわたしではない　誰もハルハリ島について語ることはできないので　誰もが語ることができる　わたしはわたしであることを喪った時　ハルハリ島が海上に浮かんできた　あなたが　いま　ハルハリ島を偽造すれば　あなたはわたしになる　そんな無数のあなたがわたしになり　わたしはハルハリ島の狂ったお城に変貌する　ハルハリ島は地図から消える前には実在していた　前ハルハリ島には人が住み城もあった　その城が　なぜか偽造されたハルハリ島に残っている　しかし　前ハルハリ島が実在した証拠はない　無数のあなたが作った古地図に載っているというだけで　その古地図自体も贋作の疑いがある　わたしが狂っているのは　無数のあなたたちの共謀により　廃墟の城として、古地図に書き込まれてしまったからだ　わたしが無数のあなたであり　無数のあなたは城の天守閣であり　屋根瓦であり　城壁の石であり　櫓の太鼓であり　時を知らせる鐘である　お城はあなたの思い出かも知れない　すべての思い出は偽造されたお城だから　お城の庭の

池で泳ぐ人面魚は　わたしの顔によく似ている　わたしは廃墟の城
であり　お庭の鯉である　池の巨大な黒い鯉は　ハルハリ島だった

通り過ぎて行く者

もっとも偽りに満ち満ちていて
もっとも快楽を感じちゃうところ
人間が死に絶えて　新しい生き物が
「新たな死滅に向かって再生する」島
過去の亡霊たちが　屍衣を着て通り過ぎる
まぼろしの修学旅行のメッカ　ハルハリ島
異形の生きものたち　かつて存在した者の
模写　まがいものたちの展示場ハルハリ島
天国とか　地獄とか　下手糞な創作に
反吐が出る程飽き飽きした者たちが
透き通るふわふわファッションで

ミサ曲聞きながら通り過ぎるよ

ハルハリ城

島の遺物　ハルハリ城には　ションネー以外の　どんな生きものも
住んでいなかった　昼でもタトラバッチィの強い日差しは　この陰
気な城内には射し込まず　夜のマルマンはやわらかい光で　外から
城を包み込むだけだった
ションネーたちだけは城内を　わがもの顔に駆けずり回っていた
その数は二十匹とも百匹ともとらえどころがなかった　ションネー
たちは　城内の構造をあまねく知っているはずだが　彼らは語るこ
とばをもたない　たとえことばをもっていても　途切れ途切れの変
幻極まりない　夢のようなものに構造などという客観物があるのか
どうか
ハルハリ島自体が　おそらく人間の死滅後の物語　かつての歴史の
遺物であるハルハリ城は　消滅する以前の人間が何者であったのか

という言語的集合物の象徴だとしたら　城を構成している意識と無
意識　感覚の共同性　それらを無数に縫っていることばの法とその
法に違反する法　その法に違反する法に違反する法にさらに違反し
続ける法に違反するショーンネーたちは　城を縫い続けている無数の
ミシンの針かも
ハルハリ城は存在が非在であることの暗示であり　その内部を誰も
語ることができないが　それをあえて語る言語のなかに石垣があり
武者返しがあり　砦があり　要塞があり　藩主の玉間があり　大奥
があり　控えの間があり　武者詰所があり　査問の部屋があり　処
刑場があり　天守閣があり　そこへ登る扇型の螺旋階段があり　城
外へ逃れる秘密の竪穴式井戸があり　地下牢があり　大御台所があ
り……それらの部屋の秘密の機能が　言語の法や権力を構成してい
る
ハルハリ城を語ることができない堅固な城壁のなかに　ショーンネー
が棲息している　ショーンネーの逸脱や自由はときどき詩の形をする

ハルハリ島　変幻

非所有

ハルハリ島の風景は整えられてはならない
ハルハリ島は海図に見られない孤島
ハルハリ島は茜の空を包みこんだ欲望のドーム
ハルハリ島はイメージを織り成す自動織機
ハルハリ島は溺れている心臓

ハルハリ島は潮に流されて位置を定めることができず
ハルハリ島は日々死滅しつつ　産まれている
ハルハリ島は錯乱し　陶酔し　覚醒する

ハルハリ島は名づければ名づけるほど忘れられる
ハルハリ島を誰も私有することはできない

疾風

思想の寒冷前線によって
巻き起こる二つの疾風に　翻弄されるハルハリ島
冷たい夜の手の影で舞っている
ことばの先端が　どうしても届かないハルハリ島
差別や蔑視の詰まった　ハルハリ島の岩場で
遠い叫びに怯えている　長い藻たち
もしいま鋭い鷲の爪に襲われたら
わたしの心臓の上のハルハリ島は破裂するだろう

わたしは純粋に憧れる波動を
穢すために　きみのハルハリ島を歩いている

賢い私は愚かなあなた

ハルハリ島には蛙はいないが、蛙の恰好によく似た**ギャーツク**がいる。大きさといったら豚ほどある。**ギャーツク**は蛙と同じように皮膚は滑らかな青色で鱗も体毛もない。頭部はそのまま胴体に広がって繋がり、そのあいだに境目がない。ぎょろりと頭から飛び出しているような目玉。前肢と比べて後肢は筋肉が発達し、膝の屈伸力も強い。前肢には六本、後肢には八本の先端に鋭い爪のついた、細長い指がある。これで小動物をとらえて食べるが、好物は毒蛇**ゾオゾラ**だ。なぜ、**ギャーツク**と呼ばれるかは、**ギャーツク**と鳴くからだが、実は鳴いているのではなく、しゃべっているのだ。ハルハリ島の**ギャーツク**の進化は著しく、単純な片言でなら、会話することができる。ギャーツクという意味は、賢い私という意味なのだ。彼らはおしゃべりするときに、必ずギャーツクから語り始める。賢い私はお腹が空いた、とか、賢い私はオシッコがしたい、とか、賢い私はテンツーツーとキスしたい、とか。あなたとかきみはテンツーツーという。テンツーツーという意味は、愚かなあなたとか、愚かなきみという意味だ。ギャーツクの共同体では、賢い私と愚かなあなたしかいないことになる。どんな賢い私も、相手から見れば、テンツーツーでしかなく、どんな愚かなあなたも、自分ではギャーツクなのであった。彼らはその存在を知らないが、まるで自己中心の人間にそっくりだ。ただ、人間と違うところは、彼らが自由に主客を入れ替えているところだ。賢い私は主観でしかなく、他者から見れば愚かなあなたでしかないことを知っている。だから、ギャーツクはテンツーツーと一緒には、蛇狩りに行かない、と言ってもケンカにはならない。もう一つの特異さは、彼らの体からは、いつも強い色素の分泌液が出ていることだ。ギャーツクと発すると、身体全体から出る分泌液によって黄色くなるし、テンツーツーと言うと、真っ黒な分泌液で身体が染まる。普段は青い分泌液で濡れているから、彼ら同士でお話をしているときは、黄色くなったり、黒くなったり、青色に戻ったりする。また、哀しいときは、白一色に染まるし、嬉しいときは、さまざまな色が混じり合い、まだら模様の身体になる。**ギャーツク**は、春秋二回の発情期以外に性欲がない。発情期になると、異性を求める分泌液で、**ギャーツク**の身体は真っ赤に染まる。

音の襞

ハルハリ島では　いつも騒音が爆ぜている
時に緑色に　時に灰色に　時に赤褐色に
すべてのノイズが　一瞬色彩に化ける
ハルハリ島を　凄まじい嵐が襲った後
鳴り響いた風音の　垂直な堆積の中を
倒木や落石の転がる　山や崖の斜面を
胸を躍らせて行き交うものたちがいる
死んだばかりの荒々しい霊たちの襞々

なお　乱れて舞っている鮮やかな色の
衣のように　しばしこの島に蹲ってる
草木たちは息の根を止められながらも
流れる土砂に削られ　むき出しになった
雑木の根を嚙みながら　息遣いを止めない

わたしでありあなたである

ハルハリ島はわたしでありあなたである　だからヒはのぼらず　ヒカリをはっするキカイはつかいものにならず　ラッパは鳴らないんだよ　ハルハリ島はどうしてもあなたであり　わたしでなければいけないの　そうだよ　そうだよ　だからミミズやコメツキダマシやヒメトゲモドキは　けっしてあけないヨルをあざけり　やすらかにねむることはない　ハルハリ島はウソをつかないから　わたしやあなたであることをやめようとはしないのだね　だから　イヌやネコがキンギョやコトリをたべ　そして　セイエキをはげしくほとばし

らせて　ロジウラをあるいているのですか　ハルハリ島よ　やめてくださいわたしやあなたであることをなげくもののヨルはおわらず　くろいイヌワシがハクチョウをたべ　たちのわるいオトコたちが　かわいいオンナノコをおかすことをやめないとしても　ハルハリ島がどうしてわたしやあなたたちであるもんですか　ハルハリ島が　ソラとぶテンシのハネをもぎとり　アタマからがりがりかじったとしても　だからこそハルハリ島はわたしです　あなたですだからハルハリ島では　くらいヌマやチのそこのアナから　ネップウがふきあげ　シシャたちのつめたいカンキが　ヨゾラのホシボシをこおらせているんです　ハルハリ島では　カミがマジョとなかよくつるんでいるので　すべてのシンコウはこおりつき　トリというトリがはばたくことをやめて　まっかなチのウミをおよいでいます

ギャラギャラボーイのひとりごと

いつわたしはこの島に漂着したのか　わたしが覚えているのは濡れ

鼠のわたしと一枚の舟板のみ　記憶はすべて潮流に持っていかれた
わたしは魂の抜け殻　わたしのことばを解する者は島内にいない
島の異形な者たちは　遠巻きにしてわたしを観察しつつ　わたしを
崇める　とつぜん嵐の海からやってきた　わたしに纏わる高邁な気
体は　彼らに距離を与える　わたしがかすかに覚えているふるさと
のうた　うらぶねのかすみのうちにうかびけり　ちゞのまつばらこ
えゆきて　かりのゆくへはまぼろしの　おちばしみつくわがいほり
と古い節をつけてうたう　彼らはいっせいに礼拝する　彼らと言っ
ても　ヒトに近い社会を作っているウェーキッピーたちのことだ
彼らが　なぜ　わたしをギャラギャラボーイと呼ぶのか分からない
しかし　最初に波打際に伏していた時　かれらに助け起こされて
わたしが驚きのあまり叫んだ声が　ギャラギャラボーイと聞こえた
のではないか　ウェーキッピーたちの声は　最初　わたしには鳴き
声や唸り声　吠え声にしか聞こえなかったが　よく耳をすましてい
るとそこには独特の文節の切れ目や抑揚　ビブラートがあり　彼ら
がことばで会話をしていることが推測できた　わたしが漂着したの
は夏だったが　ここにも四季があり　短い冬は積雪こそないが　霰

が舞うことはある　しかし身に纏うものを必要とするのはわたしだけであり　かれらはほとんど裸である　最初　彼らはわたしの夏の着衣を珍しがったが　冬はそれでわたしが過ごせないことを察すると　木の皮や動物の皮　枯れた葦などを使って防寒の衣服を提供してくれた　ただの穴のあいた南京袋のようなものだが　おかげで寒さを凌ぐことができた　食べ物はほぼウェーキッピーたちと同じ魚貝類　薬草　小動物の肉　山芋などで間に合う　生活に支障はないが　記憶を失ったわたしは　どこから来てどこへ行くのか見当もつかない　いまはふるさとのうたを口遊んだと思うと　深夜寂しさのあまり　誰に対してということもなく　大声あげて怒鳴っている

ハルハリ島　美しき日々

生きた貝

ハルハリのよるは　くらく
すなはまで　シューシューなく
いきたかいをさがして　てですなをかく
ゆびにふれる　いしくれ　かたくいたく
いきたかいのごとく　なくこともなく
わらいもしない　いしくればかり

祭り

ハルハリ島の祭りはいつ始まり
いつ終わるのか　誰も知らない
とつぜん　雄鶏に似たスットントントンヒーヒーの
かん高い鳴き声が　祭りの合図だった
スットントンスットントン　ヒーヒーヒーヒー　トトン
誰も計画を立てないし　誰も準備もしないのに
島全体がさまざまな歓楽や悲痛の鳴き声うた声の坩堝となり
激しい踊りや格闘技で揺れ動く

祭りの中心は最も数の多いヒトの形をしたウェーキッピーたちが
島の大通りを練り歩きながらする仮装踊りだ
彼らは島に棲む騒々しい生きものになりきることで
ふだんとり憑かれている鬱病から解きはなたれようとする
ボブキャット　マダラスカンク　ガラガラヘビの極彩色の仮面が
拍子を取り　乱れた足音のステップを踏む

空飛ぶ黒鷺ヒトヒトブリースを仮装するために
ハルハリ島に自生するオシダやヘゴやベニシダの大葉を
背中にくくりつけて　樹上に飛び上がったり降りたり
たがいに組んだり離れたり　狂ったように跳ねまわる

四足のハルハリやグーグーも　このときばかりは
いつも憧れと恨みの混じったコンプレックスで見ている
ウェーキッピーを仮装して二本足で立ち　互いに組んでダンスする
ドンピッコ　コロコロハンナ　ウエウエー
タコアシブルー　チョセンナザクロ
身も心もうきうきする　奇妙な七五調の掛け声に合わせて
踊っている内に官能が昂り　草叢に倒れこんで交尾している

いつもはハルハリ城に籠っている陰気なションネーたちも
かれらが身にまとっている透明な詩や経典の形をした
僧服を脱ぎ捨てて素っ裸になる　なんと彼らは仮装しなくとも
あたまのてっぺんが潰れたヒキガエルだったり

三角形の耳の先端が無数に避けているオオヤマネコだったり
ラードタイプ型のデブブタだったり
インフルエンザにかかって死にそうなカツラチャボだったり
この島に棲んでいるとは　とうてい思えない
愛蔵用のニセチンやチャウチュウモドキだったりする

なんと言っても　気持ち悪いのは
無数の毒蛇ゾオゾラが赤黒い背中を光らせて
スズメノテッポウやエノコログサ
カラスビシャクやヤエムグラなどが生い茂る雑草の中から
音もなく這い出して　蛇踊りに浮かれだすことだ
まだ　気持よさそうに三メートルもある細長い胴体を
くねらせて蛇行している間はいい
ゾオゾラの鎌首が　いっせいに攻撃の姿勢を取って
周りの灌木の三倍ほどの高さまで
伸びあがり　あたりを威嚇したとおもうと
するする滑るように縮まり　赤い舌をぺろぺろ出しながら

エネルギーをため込むようにとぐろをまき
祭りの大通りを埋め尽くすさまは震えがくるほどだ

祭りも騒乱と興奮の頂点を過ぎると
彼らはこれまで一緒に踊ったり　うたったりしていた
自分たちとは異種の生きものを　とつぜん　襲撃しだす
その瞬間　ハルハリ島は陰惨な内ゲバの巷と化す
人間たちと違うのは　彼らがゲバ棒や刃物　爆発物を使わず
頑丈な身体と素手で肉弾戦を演じることだ
こうして沢山の血が流されるが　惨劇の後は
敵も味方も入り乱れ　いとしく親しい肉を喰い合う
静寂が戻った時　島は乾涸びた血の渦と骸骨の散乱
彼らはこの小さな島に子孫を残すため
祭りと闘争を　混然たる儀式のように組み合わせ
みずからの種の繁殖を抑制している

法

ハルハリ島に法はあるか　法は言語がない所には存在しない　そこにあるのは　種が生き残るために　すべての行動を身体の内側から規制する　あるいは　包含する本能の装置　習性のようなものがあるだけだろう　ことばのないかれらは本能に満たされて　どんな苛酷な自然の脅威に対しても　不満や恐怖を抱くことはない　外部の生き生きとした空虚は彼らを飲みつくしている　ハルハリ島で原初的な文字と意思疎通に十分な話しことばを持っているのは　ウェーキッピーたちだけだが　幼い片言で会話ができるギャーツクも　それに含めていいかも知れない　食糧も生活手段も乏しく　異なる種による生存競争の激しいハルハリ島　これらの二種の生きものたちは　たとえ明文化された法をもたず　統治の能力もなく　法体系による支配の方法を知らないにしても　ここで生きていくためには欲望を制限しなければならぬことを知っている　そこに働いている生活と行動を制約するものが　言語に内在する見えない法だ　それとともに　内部から規制する法に不満を覚え　違反や逸脱する者が

後を絶たないことも自然だ　ウェーキッピーの共同社会は　本能的に違反者を嗅ぎつけ　深夜　闇の中で彼を処刑する　処刑者が誰であるかは　当の執行者以外で知る者はいない　死体も海中に投棄されるので　見ることができない　行方不明者はすぐに忘れられる

抒情

われ何時知れず　激しき波濤に攫われ
異形棲むハルハリ島に漂着せり
見聞きするものすべておぞましく
神経の草叢痛々しく萎え　身に力なくなりて
夕日沈む突堤の崖上に　彷徨い来たりぬ
祈念はおのずと湧きあがり　微かに忍び寄る闇の波上に
白き刃のごとき薔薇の花を咲かせり
孤島にありて　われひとり凶ごとの物語編むにしくなく
流浪の果ての独り身に　再び

ゆるやかな慕情　訪ずるることなからん

好色

ウェーキッピーたちは　男女両性器を持っている　身体に性別はないが　十三歳になると性が選択される　彼らは何処からか漂着してきたわたしを　ギャラギャラボーイと呼んで　生き神様のように尊崇するようになった　ウェーキッピーたちはヒトに近いが　ヒトではない　海の彼方の常世からきたマレビトであり　力も智恵も彼らより優れているわたしを　神の子として扱うことで　安心を得ようとした　彼らの眼が　いったん信仰のメガネを嵌めてしまえば　かつて人の世では無用者でしかない　愚かなわたしのすべては　神性以外の何ものでもなくなるのだった　わたしの禿げ頭は光輪に包まれているように見えただろう　これまで彼らの唯一神は　太陽であるタトラバッチィだったが　わたしはタトラバッチィとウェーキッピーたちとを結合させる　聖なる神の子ということになった　以後

彼らは惜しげもなく　わたしに供物を贈ったが　彼らが好んだ贈与は性的サービスだった　毎夜　わたしに差し出された性の奴隷は女を選択して女になったウェーキッピーのなかでも　最高にセクシーな身体を持っている者に限られた　わたしは欲情を刺激され　狂った好色漢となっていったが　いつも困惑したのは　純潔ハルハリ教団のみすぼらしい教会の祭壇の上で　美しいウェーキッピーの女を抱くことを求められたからだ　彼らが祭壇に向かって礼拝している最中に　わたしは持てる技芸を尽くして　男か女か判然としないが女性性を纏ってる女を　オーガズムに導かなければならなかった

マムセペンギン

海抜三百メートルほどの二つの山が　ハルハリ島中央の胸部に並んでいる　それらは東乳房山　西乳房山と呼ばれる　その境を流れる谷川に**マムセペンギン**が棲息する　ペンギンの名前を持つが　形体は**ノコギリザメ**に似ている　細長い嘴が怖ろしいのは　鋸状の刃の

せいではなく　それが発電器でもあるからだ　天敵が近づくと**マムセペンギン**は千二百ボルトの強力な電気を放射する　たいていの生きものは　その放電に触れれば即死する　毎夏　この谷川で水遊びしていて　知らずに**マムセペンギン**に近づき　感電死するものは後を絶たなかった　まもなく夏が来る　わたしの避暑先は　西乳房山の麓だウェーキッピー　ウェーキッピー　ウェーキッピー　ウェーキッピー

難破船バリエーションズ

助走または序奏　あるいは除草

難破するは花で言えば開花前の朝顔の蕾
難破するは年齢で言えば十三歳の少年または十六歳の少女
難破するは芸術のジャンルで言えば詩またはジャズ
難破するは男女で言えば精子あるいは♂
難破するは小説で言えば「花ざかりの森」
難破するは政治家で言えばローザ・ルクセンブルク
難破するは悪夢で言えば不眠症の夜
難破するは歴史で言えば室町時代または大正時代の黒いカラス
難破するは学校で言えばミッションスクールの礼拝

難破するは海で言えば玄界灘沖合で船に衝突する鯨
難破するは昆虫で言えば紋白蝶の乱舞
難破するは鳥で言えば囀りながら天に昇る揚げ雲雀または夜啼き鶯《ナイチンゲール》
難破するは食べ物で言えば鰯の刺身または辣韮《ラッキョウ》
難破するは病気で言えばアルコール中毒または肝硬変
難破するは動物で言えばサバンナに棲む野生のキリン
難破するは半島で言えば遼東半島威海劉公島
難破するは筆記用具で言えばトンボ鉛筆４Ｂ
難破するは散歩で言えば霊鷲山登山道
難破するは川で言えば矢作川　橋で言えば鷲塚橋
難破するは樹木で言えば風に漂う柳絮
難破するはスポーツで言えば高齢者マラソンまたは三角ベース野球
難破するは態度で言えばインプロヴァイゼーションまたはアドリブ
難破するはお酒で言えば焼酎または〔野うさぎの走り〕
難破するは文楽で言えば『伊賀越道中双六』
難破するは哲学で言えば若きニーチェの『悲劇の誕生』
難破するはシェイクスピアの戯曲『あらし』のセリフで言えば「お

めぇ、どうやって助かったんだよう？　どんなやり方でここまで来たんか？　えっ！　この徳利にかけて誓え！　おれはなぁ、水夫が海に放り込んだ、でっかい酒樽に掴まって漂流しているうちに、助かったんよ。このおれ様の徳利はなぁ。渚に打ち上げられてから、樹木の皮をひん剝いて、おれ様が作り上げたもんだ。これで焼酎飲むと見える世界が変わるんよ。」

ロビンソン・クルーソーは語ったが……

「ロビンソン・クルーソーのように」「わたしは語らない」
「ロビンソン・クルーソーのように」一九三五年八月九日未明　大嵐のために　荒れ狂った大海で難破した「とわたしは語らない」
「ロビンソン・クルーソーのように」他の乗組員や乗客は一人残らず溺死し　わたしもまた　絶海の孤島　ハルハリ島の波打ち際でほとんど失神している状態だった「とわたしは語らない」

「ロビンソン・クルーソーのように」食物も衣服も武器も住む家も隠れる場所も生きる望みもなく　わたしを飲み込もうとする暗い死の穴が　大きな口を開けている島で　ようやく自分を取り戻し　あたりを見廻すことができるようになった「とわたしは語らない」

「ロビンソン・クルーソーのように」ゾオゾラやヒトヒトブリースマムセペンギン　オオヤマネコなどに喰われて死ぬか　ショーンネーたちによって旧城に閉じ込められるか　ウェーキッピーの島内引き廻しや鞭打ちのリンチを受けるか　食物を見つけられず餓死するか、という不安で、眠れない夜々を過ごした「とわたしは語らない」

「ロビンソン・クルーソーのように」わたしの乗っていた船が　遥か沖合で難破しても　横倒しにならず、破損して浸水したまま　転覆せず　少しずつハルハリ島の近くに流されて来たのを見て　わたしは驚いたが　海沿いの丘の上で　奇声を上げ　手を振り　足をばたつかせて　好奇心で沸き立っていたのは　未開のことばを持つギャーツクやウェーキッピーたちだった「とわたしは語らない」

「ロビンソン・クルーソーのように」泳いで難破船まで行くのが危険なのは　そこに飢えた人食い鮫の　メザイコスが獲物を狙っているからだが　それを避けるために　ウェーキッピーたちを指図して木々のまっすぐな枝を百本程折り　横に並べて　島に自生するヒョウタンツルリの　針金のように剛性な蔓で　それらをしっかり結わえて筏を作り　屈強なウェーキッピーたち三人と乗り込み　竹の棒を操って漕ぎ　難破船に向かった「とわたしは語らない」

「ロビンソン・クルーソーのように」汚れた白い船体の脇腹の　大きな黒い字のOCENOSの船名を見ると　船から波間に投げ出された衝撃で　失っていた記憶が　微かに甦ってくる感じがするがあの一万五千トンの客船は　たしかにOCENOS号と呼ばれていて　クルーズの帰りに遭難したはずだが　あれは一年前　いや一カ月前、いや数週間前のことだったのか　暦のないハルハリ島にいると時間の感覚が麻痺してしまい　眼の前に現れたOCENOS号の

巨大な船体さえ　単なる幻ではないか「とわたしは語らない」
「ロビンソン・クルーソーのように」ＯＣＥＮＯＳ号に乗務員と乗客が何人いたか　わたしたちはどこからどこへ向かっていたか　すべては濃霧に覆われたように朧だが　荒れ狂う大波で　木の葉のように揺れる船内のキャビンを　見廻るために　操舵室からデッキに出たところを　急に船体がまっ二つに裂けるような大音響とともに海に投げ出された　わたしのようなものが何人いたか　多くの者たちが船内に残り　救出を待っているのではないか　一カ月くらいなら　大食房には彼らが生きられるに十分な食べ物が残っていた　一人二人でも生きていて欲しい「とわたしは語らない」
「ロビンソン・クルーソーのように」傾いた船は中央部で前と後ろに大きな裂け目を作り　露天のデッキを荒い波が洗っていて　筏から乗船するのは至難だったが　そこには全員　溺死しているかもしれないが　わたしの仲間や乗客がいるはずであり　彼らの生死を確認し　とりあえず　生きている者がいなければ　衣類　薬品　武器

鋏やナイフや鋸などの道具類　筆記用具などを　持ちかえるつもりで　ヒョウタンツルリの蔓を身体に巻きつけ　それを筏に繋ぎ　ウェーキッピーたちに待つように言って　船体中央部の裂け目に足を掛けた途端に　巨大な山塊のような波が押し寄せ　船は断末魔の叫び声をあげた「とわたしは語らない」

「ロビンソン・クルーソーのように」ウェーキッピーたちは　力の限り　生命線である蔓を引っ張ったために　わたしは筏の上に転がり落ちたが　眼の前のＯＣＥＮＯＳ号が　明らかに船首と船尾部の二つに分断し　沈没し始めたのを知った彼らは　その際に発生する大きな渦巻きに巻き込まれまいとして　船から必死に離れようと竹の櫂を操ったので　わたしたちは辛うじて難を逃れ　ハルハリ島に帰還することができたのだったが　日数が立つと　いったいこの出来事は　現実にあったことだろうか　と怪しまないわけにいかないのは　いかなる船体の破片も　溺死体も　彼らの遺留品も島に流れつかないからだった　ただ　夢の残骸のように　筏が一つ　渚に打ち捨てられているだけだ「とわたしは語らない」

座礁

ワタシハ航海ニデルノガスキダ
航海トイッテモ　未知ノ世界ヲモトメテ
ヒロビロトシタ海ヲユクコトダケガ航海デハナイ
ワタシハ詩ヲカクガ　詩人デハナイカラ

詩人ノヨウニ宇宙万物ヲオノレノモノニシ
タダノ石クレヲオパール ニ変エタリ
アリキタリナ心ニ色彩ユタカナ衣裳ヲ着セル
タクミナ魔術ヲシラナイ

ワタシハセマイセマイ海域ニ
イツモ勇躍シテ乗リダスガ　羅針盤モ方向指示器モナク
浅瀬ヤカクレテイル意地ノワルイ岩礁ニ

タチマチ乗リアゲ　沈没スルノガ　関ノ山

ソレデモコリズニマタ
出帆スルノハナゼカシラネェ
嵐ニナルトココロノ虫ガ騒ギダス
海ノ底ノ龍宮デ死ノ接待ヲスル

魔女タチニミイラレテイル　トイウワケデモナイ
ワタシノ航海ニハ理由ガナイ　ワタシノ航海ヲ
遠イトコロデ操ッテイルヤツ　ソイツモ
ワタシガワタシダ　トイッテイルカラ始末ニオエナイヨ

明るい洞穴

あやまち

ハルハリ島は　現実でも　比喩でもない
ふっと偶然のごとく　大洋に浮上すると
細部までのイメージを現すこともなく
逆巻く渦潮のなかに消えてしまう
その欠けた幻影に脅迫されて　もっともらしい怪奇譚として
語られることもないわけではないが
ハルハリ島を仮装する物語の内側は　カラッポ　なんにもない
手におえないのは　浮いたり沈んだりする　ただの夢まぼろしが
おのれの本性を忘れて　むやみに語りたがることだろう

存在すればするほど　あやまちをくりかえす
ハルハリ島はそれを知らないし　知ろうともしない
時にハルハリ島は　だれかに語られるのを
待っていられない　せっかちにみずから語ろうとする
夜明けまでに　ハルハリ島を殺さねば

円環

……ハルハリ島の西乳房山の斜面には、いくつもの洞穴が、生きた動物のように赤黒い口を開けている。ある朝、わたしはウェーキッピーたちに、寝起きを襲われて、身体を幾重にも紐で縛られ、一つの洞穴のなかに投げ込まれた。ウェーキッピーたちとは、つねひごろ、友好な関係を維持していたので、このとつぜんの出来事は信じられなかった。しかし、わたしに捲きつけられている紐は蔓草なので、ほどくのに手間はかからない。なんなくわたしは自由になったが、入口は巨大な岩の歯列のようなもので塞がれている。押したり、叩いたりすればするほど、歯列はいっそうがっちり嚙みしめるので、外に出られない。わたしは体当たりをくりかえした果てに、あきらめるほかなかった。そして、方向を転じ、洞穴の奥に進むことで、外へ出る手掛かりを見つけることにした……

……よく見えない奥の方へ水平に伸びる、細く暗い回廊を歩いていると、それは生きものの胎内のように思えてくるのだった。眼が慣れてきたせいばかりではない。回廊はしだいに明るくなり、両側の壁が呼吸しているように規則的にふくらんだり、ちぢんだりしているのがわかった。手で押すとぺこぺこ凹む肉のような壁には、大小無数の血管らしきものが走っている。そのいくつかは傷ついたり、破れたり、ただれたりして、赤い汁を肉壁に滲ませ、滴らせているのだった。それらでびっしょりと濡れた回廊。そのぎしぎし軋みを立てて滑りやすい骨組の上を、転倒しないように、足を踏ん張って歩かねばならなかった。空気は眠気を誘うほど生温かいので、ほとんど夢うつつだったが、ついに日溜まりのような小さな空間にたどりつくと、そこにどったりと倒れ込んだ……

……奇妙なのは、日溜まりが正三角形の窟《いわや》だったからだ。そして、その三つの頂点は、それぞれ細い通路の入口をなしているようだった。わたしはふらふら横揺れする身体をもてあます夢遊病者となって、前方の入口に近づき、思い切って右足を一歩踏み込んだ。その途端、独楽のようにくるくる回りながら、真っ逆さまに落下していくのを覚えた。この自己喪失の眩暈に身体を委ねながら、墜落する快楽の感覚には遠い記憶があった。それは前世のいつどこだっただろう、と思い、ぎくりとした。えっ！　前世？　それならばいま落ちていくところはどこ？　なぜか、わたしは大笑いをしたが、声は暗闇に吸収されて響かなかった。いったい、ヒトは、生きものは、何回死ぬのだろう。永続転生革命ということばが、まっくろなハヤブサのように逆様の頭をかすめていった……

……長い落下の時を経て、わたしはどこかに着地した。眠っていたのか、失神していたのか。目覚めたところは背の高いススキやスズメノテッポウ、カラスビシャクやヤエムグラなど、雑草の生い茂った草むらだった。タトラバッチィは中天に燃え騒ぎ、わたしを赤い舌ビラを出して、覗き込んでいたのは毒蛇ゾオゾラだ。その後ろから何人ものウェーキッピーたちが、皮肉な笑顔を浮かべて見守っている。いったいわたしの上に起こった出来事は夢か、それともまぼろしか。砂粒化した時はちぎれたり、くっついたり、跳ねたりしているが、すべては明るい洞穴に集束する。西乳房山の緑の斜面や赤い肌の崖、せせらぎの音や霊たちがさざめく風景は、崩れそうで崩れない。そのねばねばした気圧に支配されて、わたしはこの島を幾重にもめぐっている、円環の外へ出られそうもない……

ある夜の電話

「もしもし、あなたはわたしですか。」

「いいえ、わたしはあなたではないですよ。」

「声を聞けば女だし、しゃべり方も、アクセントもわたしにそっくりよ。わたしはあなたです。」

「わたしをまねするくらいたやすいことだわ。男だってわたしの声やおしゃべり癖にそっくりの声帯模写をして、みんなを笑わせる特技をもっている人を知っています。」

「いま、あなたはダークグリーンのボウタイブラウスに、濃いグレーのフレアスカートを穿いています。今夜、あなたは女子会に誘われているので、お洒落っぽい恰好をしていますね。わたしもあなたと同じ服装をし、今夜の女子会に行く準備をしているの。」

「それにあなたは、わたしのお出かけ用のセパレート風パンプスの色やサイズまで、正確に分かっているわ。」

「食事の趣向も、あなたは牛や豚、鶏などの肉類を食べません。鯨肉は食べますが、お魚や海藻類が好きです。ダイエットのことも考えて、嫌いな野菜や果物もガマンして食べています。」

「それに加えて、身長が一五八センチ、体重が四十八キロ、ブラジャーはCカップ、好みの化粧品のことまで、洗いざらい言いたてるつもりでしょう。年齢はあなたに言わせたくないけれど。何もかもが一緒でも、あなたはわたしのそっくりさんにすぎません。」

「あなたは三年前に、ヘビースモーカーのご主人を、肺癌で亡くしています。特に、ご主人の病状が急速に進行し、ホスピス棟に入ってからのあなたは、献身的看病に明け暮れしていたように、はたからは見えましたねぇ。けれど、本当のことを言うと、夜毎、あなたはそこを抜け出し、男性お断りのレディースオンリーのバーに通っていたわ。そこではお気に入りの可愛い女の子が待ち受けていて、二人でお酒を飲んでいました。」

「なにもかもがあなたの言う通りよ。顔も体型もしゃべり方も食べものの好き嫌いも、あなたと同じだわ。カレを亡くしたことも、看病のストレスから解放されたくて、女性専用バーの個室で大好きな女の子と酔っぱらって、いい気持ちで抱き合い、眠りほうけていたことも、みんなあなたが共に経験しています。でも、ひとつだけあなたが知らないことがあるわ。」

「いくらもったいぶった言い方をしてもだめです。あなたが詩やエッセーのようなものを、日記代わりにノートに書いていることでしょう。でも、何十冊ものノートに、そんなものを書きためていても、だれかの目に触れなければ、書かなかったことと同じじゃないの。あなたが死ねば、娘さんが汚いものを扱うように、ゴミ袋に入れて捨ててしまいます。そんなあなたのうたかたのごとき内緒ごとは、わたしがあなたでない証しにならないわねぇ。」

「そう思っているから、あなたはわたしではないのです。わたしの詩稿ノートは、老詩人Rに送っています。Rはわたしのカレが憧れていた詩人で、わたしたちは一緒にお近づきになりました。すっかり老けたRは、詩が書けなくなったずいぶん前から、わたしのノートの詩稿の配列を変えるだけで、自分の作品として発表していました。先頃出た詩集『わが循環』は、ほとんどわたしが書いたものよ。老詩人の詩の生命線〈循環器〉は、わたしでした。」

「でもね。あんな三文詩人の詩を読む人は、ほとんどいないから、わたしとの違いに、そんなにムキにならなくてもいいわよ。」

「あなたがわたしではない、と認めるかどうかは問題じゃないわ。Rはいまほとんど眼も見えず、耳も聞こえない瀕死の床で、詩を書いていることになっています。それは『ハルハリ島異聞』という、千頁を超える壮大な叙事詩なの。主人公はハルハリ島で誕生し、宇宙を駆け巡る天馬です。Rはもうペンを握る力もないので、編集者はわたしのノートをRの耳元で読みあげ、僅かな推敲を受けますが、ほとんどまる写しにして、パソコンのメモリーカードに保存している。いまのいままで、そのことを知らなかったわねぇ。あなたがわたしではない、たしかな証拠よ。」

「でたらめ言ってるわ。あなたがいま思いついたばっかりのモノ騙りを、たとえわたしが知っていなくたって、そんなこと……。」

脱出考

残骸

島の時間はなんとすばやく走ることか
　古代の石器道具や頭脳は　いまに復し
　　ケヤキは力まかせに倒され　けずられ
　不格好なべカ舟や艪の　材料になった

　　孤独な小島の狭い通路を這いずり回る
過ぎゆく日を　虫のように幹に刻んで
生きることが耐えられない　暴風雨が
野蛮な楽器を掻き鳴らして過ぎたあと

まだ　太陽はまどろんでいるが
　波おだやかな頃合いをねらって
幾度もの失敗の果ての　脱出行
　入江の外のうねりは勢いを増す

　　　小舟は大きく揺れるが　それよりも
　　艪を操る手や不安は　もっと激しく
　動揺しているが　脱出しようとする
決意は怯まない　死は生よりも熱く

　行く先や明日が見えるわけではない
　　沖の航路を行く輸送船に発見される
　可能性はゼロ　どこにも薔薇の旗は
　　立っていないが　無謀な企てに躍る

夕闇が迫るころには　嵐の後の死魚のように

波打ち際の岩の窪みに　打ち上げられている
おろかなまれびとが企てた　脱出の夢の残骸
　島の生きものたちは　それを見つけるだろう

脱出考

朝陽を浴びて、キラキラひかる波間に、飛び跳ねるしなやかな魚体。濃霧の渓谷を頭だけ出して泳いでゆく野鹿。すべての彼方へと脱出しようとする者を、待ちかまえているのは何か。

絶えざる脱出なしに、ヒトやイキモノは生成することができない。死や消滅は生からの脱出ではなく、脱出の終わりだ。檻のない所に脱出はない。しかし、何が檻であるかはあなたの恣意にまかせられている。政治的な檻に閉じ込められ、同一の制服を着ること、強いられたスローガンを熱狂的に叫ぶこと、よく似た色を愛し、型に嵌められた考え方をすること、それらに喜びを見出すヒトもあれば、苦痛を感じるヒトもいる。強く拘束されることに安らぎを感じるヒトもあれば、そこから脱出したいと願うヒトもいる。

鉄格子だけが檻ではない。エロス的な檻の中にいるヒトは、束縛や拘束を愛と感じる。物語の檻の中にいるヒトは、寝食を忘れてウソのドラマに熱中する。遊ぶ檻もあれば働く檻もある。貧しさを檻と感じるヒトもいれば、無所有を自由と感じるヒトもいる。飢えに苦しむアフリカのこどもたちをジンルイは、なお救えないが、それを嘲笑うように、断食の極限を自らに課したり、針山の上で座禅をしたりする修行者もいる。イデオロギーや宗教の檻に閉じこもるヒトもいれば、無化しようとするヒトもいる。

檻は必ずしも否定的な現象ではない。すべての法、規範、慣習、道徳、信仰、そして言語もまた、檻の機能を内在化させている。檻がなければ、逸脱する自由もない。でも、自由という檻に捕えられたヒトは、束縛がないことが不安だ。自由からの解放は拘束に行き着く。わたしを縛って檻の中に監禁して下さい。吸血鬼に口を吸われたら、さぞかし気持がいいでしょうね。ヒトは誰もが檻に入れられたい、吸血鬼に愛されたい、と欲望する。自由を求める欲望もまた檻であることに、ヒトは気づいているだろうか。

（わたしがきみに口づけをしたら、
それも吸血鬼のように口づけしたら、
さぞかしきみはびっくりするだろう。
そのときぎみがわななきながら
わたしの腕《かいな》に生きた空もなく
死人のように崩折れてきたら、
わたしはきみに訊ねてやろう、
きみの信心深いおふくろさんのお説教と
わたしの口づけとでは、どっちがいいかね？）[註]

空高く飛ぶ雲雀は、走ることも泳ぐこともできない。あの雲雀にとって檻は天空なのか、地上なのか。雲雀にどのような脱出が可能なのか。それを自覚しようとしまいと、檻から脱出すること、それは生きることだから終わりがない。鳥として生まれたら、鳥という存在が檻であり、自由なのだ。ヒトという存在が畳み込んでいる無数の檻の様態。さまざまに折り重なり、見えたり見えなかったり、気持ち良かったり悪かったりする天皇制のような檻、その檻から脱出したところが、帝国主義や共和制や社会主義の檻だったりする。

檻は幾層ものレベルがあるだけで、ヒトやイキモノの世界から消えることはない。旧い檻を出ることが新たな檻の中にいる、という自覚。その主観性の暴風に身を曝して、絶えざる脱出行を引き受けるということ、それを自覚する者は、その都度の脱出に固有の形態を与えたがっている。しかし、脱出は普遍的な生の形なので、相互に模倣したり、否認したり、盗用したり、部品交換し合ったり、改作し合ったりして、みずからの固有性を測るしかない。脱出の形は無限であるが、ヒトが個として脱出する道は限られている。

脱出は新しいものの誕生ではない。それは絶えざる復元であったり、単なるヤリナオシに過ぎなかったり、変態、偽装工作、お化け、まぼろしの万能細胞であったりする。脱出によるすべての変化には、それに伴う形態があるだろう。ロダンの青銅の苦悩には、苦悩という固い形に凝結した、許されない恋人カミーユとの性の歓喜がある。いかなる檻をも熔かし尽くす性の歓びがなければ、苦悩は美として結晶しない。無数の檻をこじ開け、辛うじて脱出する前の形態は歓喜の幻影でしかなく、脱出した後の形態は苦悩の抜け殻だ。

脱出は生けるものすべてが飲み続ける、悪夢の中毒症状であるなら、その痙攣する神経系には、近代の肥大した頭脳が瓢箪のようにぶら下がっているだろう。

註（　）の中の詩行は、ハインリッヒ・アウグスト・オッセンフェルダー「わたしの愛する乙女は」（種村季弘訳）より引いた。

ハルハリ島終焉

ハルハリ島の弱々しい脚
立ち込める闇の気配
ハルハリ島に垂れる乳房
貧しく衰えた想像力の紐に縛られて
ハルハリ島の夜の身体を
もはや抱くこともできない
ハルハリ島に唇もなく瞳も閉ざされ
波に洗われた岩よりもぬめぬめした
ハルハリ島の皮膚の感触はどこへ行ったか
誰も知らない島の行方を問うことをやめよ

ハルハリ島は死んで生きる時のだまし絵を空に描いて
ハルハリ島はあらゆる裂傷を運びこもうとする不可能
ハルハリ島はわたしのたくらみを拒んで苦い泡の渦に
ハルハリ島は腹黒い彼岸の王国に侵されることもなく

ハルハリ島はことばの影の上にちからなく身を屈める
ハルハリ島はたとえば非在の女どこまでも欠けた花々
ハルハリ島はウソで塗りかためたやすっぽい内臓の影
ハルハリ島はいかなる三位一体の祭壇のかけらもなく
ハルハリ島は正義の罠も幸福を約束する天使もいない
ハルハリ島はいかなる精液も力をもたない未開の自由

流れる日常の砂　明けては暮れる空っぽの太陽
歌もなく平安もなく　さりとて戦いもなく
怒りだけが裸で立ち上がると思うと
薄っぺらな表象のなかに崩れ折れる
なぁに　国もなく　党派もなく　家族もないんだって
自己を愛することも忘れた　たった一人の浮浪人
いいかげんこそわがいのちって　いいじゃんか
すべての偶像の偶然は　溶けて流れて消えていった
魂などというものがあったとしても
石ころ同然　蹴飛ばしてやりゃあ　せいせいするさ

Ⅲ　海の配分

海象論A

初めて波の激しく打ち騒ぐ音を聞いた夜と
海から産まれた　暁方の赤い空を忘れない
ヒトのこころの中の海は　何の理由もなく
ひとりでに　産み落とされるものではない
ひとりでに　形象されていくものでもない

海がわたしを　わたしが海をもとめたのか
飢えと渇きにまぼろしのわが野は干からび
ある日　死と消滅にさからうわたしがいて
ひとりだけのながい航海に　旅立っていた
わたしは海を侵し　海はわたしに侵される

幼い頃　遊泳中に高波に溺れたことがある
海は穏やかに凪いでいても　油断できない
足の立つ岸辺の浅瀬だって　つねに危険だ
ましてや怒り狂う　脅威の情動のなかでは
海はわたしを拉致する　未知の世界の方へ

海はどんなに狭い入江でも小さな内海でも
果てしなく広々とした大洋に開かれている
海に親しんでも　怖れが消えないのはなぜ
見知らぬ険しい岸を洗う　潮流が押し寄せ
一瞬たりとも　生成をやめないからだろう

海は産む性だ　女だから産むわけではない
女でも男でも海をこころに抱え込んだ性は
産む喜びも　流産する苦しみも知っている
海は遠い世界を孕んで　陣痛の苦しみの後

ひとりで旅立つ　異形の鬼子を産むだろう

海は何ものにも隷属しない　力に満たされ
海は何ものをも征服しない　胸をひらいて
海はあるがままで恐怖　戦わないでも自由
海はすべてを許すことによって歓びに震え
海は自然でありながら自然に背く闇の臓腑

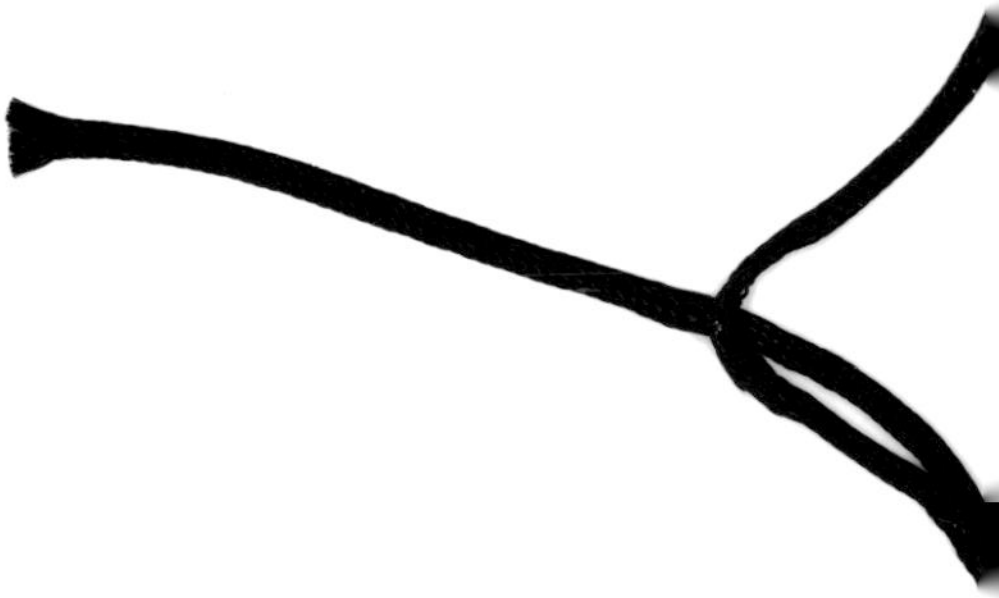

東尋坊

あれは波の音ではない
貝の泣く声でもない
光る海の切っ先たちの穏やかな孤独
われらに神もけだものもなく
嵐を孕む海の感情の盛り上がりもないが
カレイ　カサゴ　ハタハタ　櫻鯛　ノドグロ……
そんな愛すべきものたちの囁きが
身近に聞こえてくるわけでもない
敵の爆撃機の砲撃で沈められ
艦船に閉じ込められた兵士たちの嘆きでもない
高く低く　遠く近く聞こえるようで聞こえない

聞こえないかと思うと聞こえてくる
あの不思議な途絶えることのない声また声
沖から押し寄せてくる　青い山並み
盛り上がるとたちまち崩れ
崩れるのを待たずに盛り上がる
あの流動する不定形な波の意志に
濡れたなめらかな裂傷をさらし
波打ち際の砂場でせめぎ合う小さな生きものたち
彼らを罵り高笑いする声もきょうは聞こえない
分かち合うよろこびを奪い
港へ帰る船団の希望を粉々に砕いた
津波にさらわれた人々の恐怖の叫びに
想いをはせることもない
押し寄せる波の軍勢と守備する岩と岩とが
叫び声をあげて抱擁する
太古からそうしている自然の営みは
手と手を取り合う連帯ではないし

和解を拒む闘争でもない
なにごとも一つに括ろうとするな
赤く血に染まった西方の海に沈んでいく
太陽に祈りを捧げようとするな
港を目指す希望と　地平線の奈落への欲求は
二つに分かつことができない
慰めのことばを語るな
きょうの夏空は薄い霞がかかっていて
海も淡い青をたたえている

（二〇一五年八月二十三日、東尋坊にて定道明、髙木真史らと遊ぶ。）

非知の海

自動記述を仮装して

ざわざわと海水の臭いが立ち込める夜　おまえの身体は硬直して身動きできない　あたりは真っ暗闇なのに　おまえの眼は輝き　末梢神経が無数の千切れた帯になって　狭い寝屋の内をめぐっている乱雑に散乱する家具にも　手や足が生え　彼らはおまえのまわりをぴょこぴょこ踊っている　乳房よ　なにも望むな　おまえはヒトではない　石の壁の冷気で組み立てられた幼い人形だった　色紙の星によって飾られる無言だった　地を這うしかない蔓草だった　おまえは誰も愛することができないし　愛されることもない　おまえはまわりの家具たちに手籠めにされるだけだ　だから　おまえの妄想は雨となって大地を汚染する　おまえは見えない荒縄で縛られているから自由だ　おまえは自由を奪われているから　すべてになるこ

とができる　おまえは凌辱する家具たちに捧げられた生贄だ　おまえは倫理を欠いた生殖器だから　何とでも誰とでも交接し合体することができる　なんじゃらばーかぬらぬらかわうろだぁる　とおまえに替わって誰かが呪文を唱えると　おまえはロース・ハムにされる三匹の黒豚にも　爆発的に噴火する花瓶にも、白紙撤回の洗剤にも　よだれのうつくしいミミズにも　故障した街路樹にも　薔薇色の便器にも　最敬礼する狛犬にも　シベリアの靖国神社にも　イスラム国の達磨大師にも　プラタナスの煎餅にもなれる　おまえは自動変身機械だから　間違っても　あゝくたぶれた　あんまり変身し過ぎたから　疲れちゃったよなどとぼやいてはいけない　そんなウソをついたら　罰として　空中から千枚の耳たぶが　鋭い歯並びの口をがちがちさせて降りてくる　すべての哄笑するものを怖れよおまえはおそらく地上の生きものではない　そうは言っても　ヒトクイザメがうようよ泳いでいる　天国にいるわけでもない　おまえの寝屋がどこにあるのか　誰にも分からない　おまえは快楽も　幸福感も知らない　おまえはうっとり口を開けて　家具たちに犯されている　犯されるたびに　不感症のおまえの尻から　お玉杓子や

盗作された変ロ短調や　ナメクジ体に光る勅語や　夢のクレーンや
酸っぱいオルガンや　収穫したばかりの和紙の葡萄たちが　次から
次へと産まれてくる　おまえが横たわる寝屋は　祈りを知らない機
械類の安息の場所だから　ヤコブの弟子は立ち入ることができない

砂利場

帛《きぬ》を裂く琵琶の流れや秋の声　蕪村

闇を裂き　口笛吹かず　逝く友よ

猪肉裂く　狩猟の恨み　稲光り

耳を裂く　ウミネコの声に秋落す

紅葉裂く　もう逢うこともないでしょう霙舞う

信裂けて　またもやパンと葡萄酒かよ

夢裂けて　ふわふわしてるな　恋の文

夜裂けて　わが衰えや雁の声

海裂けて　汽笛を鳴らす　また訃報

記憶裂く　何言ったんだったっけ　ほら

風景裂け　身の毛もよだつ　化粧坂《けわいざか》

詩を裂いて　砂利にまみれる　十代の河原

とじこもり傷をなめてるよウサギのなかま
わたしにはことばだけあんたには祖国だけ
ようほどに唄ってましたねよるのまちなか
いいえいいえわたしのいいねはいいえです
つうぞくっていいわオルフェウスのたて琴
りょうしんなんて古い屋根おさないころは
矢作川沸騰していた昭和十六年十二月八日
わたしはだれかのかげ何のおもみもないさ
狂っているところだけあつくなっている
美がけつじょしている内なる美なんてない
永遠のねずみも滅びの柘榴も嘘はっぴゃく
わたしたちってくもの糸でむすばれている

山道の出来事

ふだんの見馴れた夕暮れの街だった。白いペンキで塗りかえられたコーポラス。わたしはそこから出る。目の前の国道には、ひっきりなしにトラックや乗用車、バスなどの車が走っている。その横の歩道を足腰の悪い着物姿の老女が、危なげに身体を揺らしながら、杖をついて歩いていた。車の流れの途切れを見計らって、わたしは国道を横切る。そして、舗装されていない狭い道をたどり、小高い丘の上に出ると、そこは幕末の馬関戦争の折りに、海峡に集結した米英仏蘭の四カ国連合艦隊に向けて、攘夷の火を噴いた砲台の跡がある。いまはただ、その夢の跡には雑草が生い茂っている。そこに立つと目の前の八階建てのコーポラスに、視界の正面だけは遮られているが、両横に関門海峡の流れが見える。そして、大小の貨物船や旅客船が行き交っている。その風景を後にして、前田の住宅街を横切り、小川に沿った狭い道路を歩いて山道に出る。気がつかなかったが、目の前に先の老女が、やはり、杖をついて歩いているのが見えた。この道は霊寿山への登山道でもある。先ほどと違うのは、老女の身体が、ふらふらと心細そうに揺れていないことだった。老女はふっと振り返り、口を固く結んでわたしの方を睨んだ。彼女は無言で、杖を振りあげ、わたしに向かってきた。無抵抗のわたしは、老女に滅多打ちにされたが、痛くもなく血も流れなかった。ただ、わたしはそこに蹲って茫然としていた。何が起こったのか、わたしには分からなかった。老女は道路下の谷川に向けて逆様に墜落し、赤い下着がめくれ、白い脛がむき出しになっていた。杖は崖に突き出た雑木の枝に引っかかっている。すでに陽は落ち、夕闇が迫っていた。山腹の竹林のあたりのねぐらでは、カラスの群れが騒々しく鳴いている。立ち上がると、そこに老女を残したまま、わたしの足はひとりでに霊寿山に向かって、山道を登り始めているのだった。

海象論B

あるいは浦島太郎

夜明け　海底の火口を見る　かつて暗闇の中で嫉妬　怒り　復讐
不安の拘束着を着て　赤くただれた裸体でのたうちまわっていた海
おまえはいま血の気もなく　青い表情を湛えている

むかしむかし　助けた亀に　連れられて　遁走した浦島は　大洋の
内側へ　内側へと潜行し　記憶を失い　視力を失い　アッププウ
溺死によってこそ甦る　ユートピアの屋根に到達したのだった

太陽の光線も遮る黒い壁の奥　贋の星座群が輝くそこは　海の洞窟
龍の棲む子宮なのか墓場なのか　鯛や平目の舞い踊る　青い舞台の
乱痴気騒ぎ　ただめずらしく　面白いのも　束の間の夢

乙姫の肌触りにも　かぐわしい絹の香りにも　抱き心地にも飽き果て　愛の納骨堂に誘われる　見えない扉の硬い響き　帰ることも出ることもできない　無の波渦巻く　永い眠りの世界へ　アッププウ

スーピ礁

波間に見えたり　渦を巻いて
見えなかったり　深く沈み込み
烈風や潮流にも　やかましくさわぎ
夢想や政治にも　ねじくれた影となって
動かない位置で　粉微塵に炸裂し
暗闇に吸収され　逆巻き波立つ
見えない暴力に　すべての記憶を漂白され
消滅する日迫る　何の証しもなく

クアテロン礁　あるいは初恋の日

うなだれて頭を垂れていたのは
少年の日々　戦火は遠く近く
渦をなして落ちてくる記憶の破片
幼い恋人同士を振り当てられた
即興劇の配役は　誰が演出したんだろう
窓という窓の隙間から覗く
姦しい嫉妬　羨望の眼差し
それを振り切って逃げる
灼熱の農道　遥かにのぞむ
真夏の海　微かなぼくの心の失墜も
きみが手を取って教えてくれたものに過ぎず

背後に追いついてきたきみの気配を無視して
ぼくは岩場に屈んで
溺れる危険を弄んだ
暑さと塩っ辛い風に撫でられて
盛り上がる　心の動揺は
低く波を叩いて飛ぶ鷗たちの遊戯だった
逃げようとする臆病に濡れる石ころを
断罪する小波の優しさ
振り向いて　きみの瞳に向けて
もう少しで　力の限り叫びだす瞬間
うなりをあげて鳴り出した
サイレンと半鐘　爆音
死んでいる　すべての父を憎んで
ぼくの心は歪んで育った

イゴロート族

笑う機械　回転する卵巣
卵巣を切除しても　無料切符は手放さない
琥珀色のルサンチマン　懐中に卵巣あり
騒音と卵巣　知を無化する闇の胎内へ
卵巣　星触する刺激ホルモン
卵巣　唯一神ほどは腐乱せず
すみません　あなたの卵巣探してます
卵巣さん　領収書いていただけませんか
国滅びて　卵巣青し誕生日
戦場の卵巣　草生す屍
卵巣につまずいて転んじゃったじゃん

弾丸ではない睾丸だよ　と呟く精巣
ミミポポラ伯爵夫人の卵巣　展示ケースには
ねぇあんた　このごろ　卵巣から便りある？
今夜の卵巣は　そうとう酔っぱらってますね
薔薇よりもさびしき色の卵巣かな
卵巣の定期便に乗り　瀬戸内は直島に渡る
あなたはわたしを見て　卵巣中毒ねと言った
磨けば磨くほど美しくなる　コバルトの卵巣

そそっかしい機械

なぜ　わたしの毀れたエンジンは作動を止めないのか　このそそっかしい　いい加減の機械が嫌いだ　それは幼いわたしが　わたしの贋の手と　狂った脳の指令で作った　傷だらけの歯車　いくとせふるさと　きてみれば　古ぼけた裏の物置の中で　いまだにけたたましく回転しているだけで　うたわず　わめかず　狂ってるだけ　それでもなお　作動を止めない　わが歯車　ダダダのハート　秋になっても菊花咲かず　めんこい雀も　鳥屋入りの鶏も　鳴かず飛ばずいんちき夜風に吹かれて　ガタガタの交通遮断機は　懐かしい童謡を絞殺し　匈奴望景歌に毒を含ませ　いつ果てるともない　水無川に溺れる　ソクラテスの声は　いつしか固いゼリー状に凝固し始める　すべてのギリシャの終わり　ついに悦楽状態から見放された世

紀末の糞甕や　いとしき家庭争議の廃家は崩壊し始め　上から食べてもチンチロリン　下から舐めてもスイッチョ　スイッチョ　色紙の月を貼ったる秋の野や　調子外れの楽隊と歩調を合わせて　一列縦隊で行進する　カステラの軍隊　ウソ八百のコレラ菌に近づいてはなるまいぞ　なるまいぞ　禁止の話法が得意中の特異　仰げば尊しわが死のちょび髭　教えの庭にも雑草だらけ　だらけだらけの毛の生えた　思春忌のご香典盗んで　いまこそ破れ日　いざさらば

海象論C

あるいはカフカの方へ

おまえが失踪したのはいつだったか　自分を苦しめる海のことばを
毎夜聞いていた幼い頃　庇護しようとする　親しい手たちを　ふり
ほどいて逃げ出した　それ以来　ずっとにこやかな太陽印の付いて
いる　貧しい借家のあちこちを渡り歩いていても　わずかにひびわ
れた壁から洩れてきた　脅迫する波のことばに　おびえていたのだ
った　おまえの生は錆びた鉄棒のあやまち　どこにも真実のないウ
ソだらけの手紙だ　おまえの唇からもれる吐息は　センニンソウや
ヒガンバナ　トリカブトなど　毒草の春のたわむれ　おまえの無力
無益　無駄が　おまえのまわりの若緑に目覚める風景を萎えさせる
と　どこまでも押し寄せてくる波のことばに　おまえの失踪は止む
ことがない　平安な日常の棲みかを求めるかと思うと　争いで歪ん

でいる喧噪の広場で打ち伏していたり　知識の沈殿物が濁っている
暗闇に駆け込んだりもした　しかし　どこにいても　おまえを圧迫
する波のことばからは逃げ切れなかった　安住の場所など　決して
求めてはいないのに　飽きもせず　また　おまえは貧しい部屋から
部屋へと　駆け込んでいる　そこで一杯の苦い茶に渇きを癒されな
がら　満たされず　あらたな春の潮流におびやかされ　古びた倒壊
寸前の建物に　ついに追い込まれた　もう行き場のない　安普請の
知の小部屋　その片隅でただ遊んでいる　おまえは一匹の醜い毛虫

むごん

まどべにおいたわたしのてにちからをこめて　めのまえにひろがるうみに　かたりかけるこえはしんでいる　うみよ　うみよ　うみよわたしのむごんを　おまえのはげしくうずまくながれのうえになげこみたい　そうしたらおまえのあおいくちびるは　それをのみこみどこにはこんでいくだろうか　わたしのむごん　りゆうなきあらそいのなかでほうむられた　いやみずからほうむった　ひっしのなまえたち　わたしがいのちをこめて　あれくるううみになげたいしつぶては　いつかことばにかわることがあるだろうか　ことなるあさのことなるうしおのことなるながれのあわだつ　ぶつかりあいとぼうりょくとちのにじんだかいがらがさんらんするなか　いっしゅんでも　ことばはめをさますことがあるか　いちどしんだことばが

よみがえることはない　きりさかれたにくのふくろに　はへんとか
したぜつぼうにだきかかえられたとしても　しんだことばはしんだ
まま　けっしてうたうことはないだろう

そんな絵空事や夢幻も、今は朽ち果てて久しい。それらはただの難
破船の残骸、根のない藻屑に過ぎない。しばし波間に漂うが、やが
て山のごとく盛り上がっては、崩れて、押し寄せる大波に、飲み込
まれてゆくだろう。

天罰

どうやら道に迷ってしまったらしい
故郷への道筋も忘れるほど惚けたのか
そもそもおれに故郷などというものがあったのか
生まれると同時に放逐された
いや　おれが生まれたかどうかも疑わしい

とすると道標もなく彷徨っているのは
ただのことばの形骸　幽霊の如きもの
頬っぺたをつねってみるが痛くも痒くもない
それがおかしい　声もなく笑いが洩れる
幽霊さんどこへお出かけかな？

どこへと問われても　正体のないものが
出掛けるところなどあるもんか
せめて大好きな女のところへ行きたいが
力の限り抱きしめて　耳たぶを噛みながら
熱い火の舌で　愛をささやいてみたいが

それは無理というもんだ
長年　ことばこそわがいのちなどと
身体をフラチに扱ってきた天罰が下ったのだ
おまえに故郷も　好きな人を愛する身体もない
ただのことばのカス　風に吹かれて宙空に舞う

蜃気楼

積丹岬に立って石狩湾を見ていた時、沖の向こう岸らしき陸地がぼんやり見えていた。そこに白い四角いビルディングが、周りのぼんやりした陸地につりあわない鮮やかさで現れていた。わたしの隣に立っていたTさんが、あっ、蜃気楼だと言った。その時、わたしの足もとが崩れていくような気がした。非現実の空中楼閣、それを見ている、わたしたちの現実感も失われていくようだった。今朝、目覚める前に、札幌のホテルで見た夢の陰惨なリアリティは何だったんだろう。白い体操服を着た五、六人の少女たちが、机や椅子を片付けた、がらんとした教室で、柳の枝の鞭を持って、お互いに追いかけ合って相手を叩いている。叩いている少女も、叩かれている少女も、笑顔を絶やさず、いつまでたってもこの遊びは終わりそうになく、彼女たちの黄色い奇声は高まるばかりだ。そのうちに少女たちの眉間から、血が流れ出した。白い体操服も赤色に染まっていく。それでも叩きっこは終わらない。ふらふらによろけながらも、まだ叩いている。教室の壁は波立ち、ゆるんだ窓枠はいっそうガチガチ鳴り出した。しかし、かん高い声は、しだいに低くなまめかしい動物の声にかわり、互いに額の血を長い舌を出して舐めはじめた。わたしの握りこぶしは、じっとり汗ばんできたが、開いてみるとうっすら血が滲んでいる。その時、枕元のベルがけたたましく鳴った。もう、夜明けか……、身体を起こして、ふっとカーテンの細い隙間を見ると、ガラス窓の外に、血の付いた白い体操服が揺れている。

人魚姫

あるひとつぜん　きえうせた
あんたをどうして　ジャンジャンジャン
わすれるもんか　ジャンジャンジャン

むかしむかしの　おおあらし
どんなふねだったかわすれたが　ジャンジャンジャン
なみまにしずんだわがいのち　ジャンジャンジャン

あんたがかかえて　なぎさまで
ひっしにおよいでたすかった　ジャンジャンジャン
まっくらやみのよるのこと　ジャンジャンジャン

ふたりはつよくむすばれた　みがってに
とわのちぎりなんて　ジャンジャンジャン
かわしてしまったかるはずみ　ジャンジャンジャン

きぬやモスリンの　きれいなきものをきせられた
おきさきなんてにあわない　ジャンジャンジャン
ないてばかりのおひめさま　ジャンジャンジャン

あるよまもののささやきに　すっかりわすれていた
およぐちからがよみがえり　ジャンジャンジャン
ひそかにかえってゆきました　ジャンジャンジャン

うろこもようのひふをした　りくにはすめない
うみにもすめないまがいもの　ジャンジャカチンチン
うそとまことのさかいめの　チンチキチンチン

うなばらにういてはしずむ　ものがたり
うみはだまってうねるばかり　ジャンジャカチンチン
わたしのすきなにんぎょひめ　ジャンジャンカジャン

Ⅳ 敗荷

騒乱体百韻

日も流れ黒髪流れ　五月晴れ
山若葉疲れをよそに　価値転換
恋う人はどこにいるやら　長い耳
乞う人はわが胸の中に飛び込んできた　狂っている　笑っている
救急車のエンジンが動かない　みんな手をつないで、
斜面を転がり落ちて行った　まぬけな長い耳だけが危機をさっして
逃げている　みなさん　お腹は減っていませんか　きょうは熱中症
記念日だから　熱烈に殴りあって下さい　最近のスキャンダルは粗
悪品が多いね　手抜きをしなさんなよ
長い耳　抱いて囁く真闇かな
鯉のぼり　オイディプスの三角形

阿呆らしい鎖の表象　縛られて
ああ連合赤軍　河原の小石に殉死した
徹夜して今は　青色発光ダイオード
朝眠りお昼は　お太鼓叩いて死後はごろごろ
啼きたいよ　欲望マシンが行くや春
啼きたいな　マクベス死んだ朝のビジネス

この空き倉庫ばかりの港町には　もう三十年も前から　若い人は住んでいない　しかし　この頃　性別も人種も国籍もわからない　人類か爬虫類かも見分けがつかない　得体の知れないものたちが　観光船から　先を争って降り立ち　街は喧騒を極めるようになったことばは通じなくとも　飢えれば食べ物を分かち合い　夜は抱き合って眠り　互いに通じ合っている　啼きたいな　啼きたいな　飛べない羽根で羽ばたくばかり　羽ばたくばかり　羽ばたくばかり　啼きたいよ　啼きたいな　百羽を超える鴉の黒い群れ　放物線を描く空の下　何よりもまず　粒状に並ぶ袋に　愛がなかった

蕁麻疹　環状紅斑ひろがりて
風はこぶ黄砂で洗う　脳の壺
蝶々に誘われ歩む黄泉路かな
黄泉というバーで出会った尻のでかい女は　目の前で黄色い卵を産
んで見せた　腐った法則をすすり　硬いブランデーを飲んだあと
あんた役に立たないわねぇ　わたしはセックスしなくても産みたい
ときに自由に産める性なの　ブラボーと叫んだのは誰か　薄汚れた
孔雀は不純思想交遊した後　性器末的誘拐犯　死体遺棄の罪で　遂
に逆さ吊りの身体刑　ばたばた羽ばたいても声が出ない　啼きたい
な　アジアを耕作不能にした蛆虫は　離婚訴訟と花祭り見に黄泉路
ゆく　欠航デゴザリマスカナ　きっとデンデンムシムシの欲望が醱
酵してるんだ　啼きたいな啼きたいな　羽ばたいても　声が出ない
夕焼けの黄泉路横切る　青大将
　憎まれっ子世に憚らず　猫ばかり
　　無意識という工場で働いている　イヌ科キツネ属狐コンコロン
　　　啼きたいな　かゆいしっぽした廊下行く

フロイドの骨壺叩いて　夜明けかな
シクラメン　捩れてわれに抱かれて
一日一枚遺書書いて流す　天の川
夕陽没す　ひびき灘死すや白い鷺
笑った後　鼠に齧られた赤い兵隊
素裸で啄木鳥になりなさい　乳房立つ
何と貧しく反り返った悲劇のトタン屋根だろう　臭い精神の糞にま
みれた鶏小屋　がたがたと崩れかかった陰謀の種明かし　そんな
雑木林　うるさい油蟬にくれてやれ　地下壕のなかでおそれお
ののいていた　幼年の果実を裂く　サイレンが鳴っている
未来の空襲警報のなか　おまえ啼きたいか　啼きなよ
堕ちてきた三日月　洗って抱いてみる
権力という電池　切れている春の暮れ
街角で　携帯電話に出会ったら　刺せ
愛し合いたい　あの両性具有介護士と
馬がいなくなった馬小屋で今夜　婚礼

発作起こした花嫁と　いななくがよい
あの文体も　この女体も　もううたえない

脳に絡まっている眉唾物という繊維や
不燃性セルロイドの告白に悩まされ
今夜も眠れない　その細い筆入り箱の回廊を
　眉唾物　歩いてくるよ
　　眉唾物　愛され　電子煙草に抱かれてる女子
　　　眉唾物　部屋に散らかしていたらダメじゃん
　　　　眉唾物　耳をつんざく響き文法に見放され
　　　　　眉唾物　脱いで笑っている錯乱棒
　　　　　　眉唾物　歯形を残すライオンかな
　　　　　　　眉唾物　二十六歳のサンパウロは
　　　　　　　　眉唾物　ストロベリーかストロースか
　　　　　　　　　眉唾物　啼いて羽ばたいているばかり
　　　　　　　　　　眉唾物　階段の暗がりに潜んでいる

眉唾物　ねばねばぐちょぐちょし
眉唾物　くっついたまま離れず
眉唾物　国籍性液句読点不明
眉唾物　処刑す堤防決壊す

それまで待っていられない　わたし
脱腸体ではない　踵の低いスニーカー
履いたアヒルでもない　哺乳類雌性外部
生殖器の一部を成す　膣のソラシドでもな
い　集中豪雨で崩れたドレミファ越え流れて
て行く　三省堂『明解国語辞典　復刻版』の上
のシオカラトンボでもない　嘘つき万年筆でもな
い　もしかしたら　火葬場の煙突の大股開き！
溺死したモグラ！　自動ドアの隙間に発生し
たかび臭い真理などなどなどなどなどではない
啼きたいな　啼きたいよ　啼いたら　啼けば

災害時はワイシャツの血痕のような
焦げ臭い断言肯定命題のような
未払い家賃の請求のような　黒いズボンに
ご用心　おまえの一度限りの模写と放言は
はなたれたらもう元には戻れない迷子　この悪党め！
おまえの運も尽き果てた　ウンコくらえ　木馬よ幌馬車よ
後は野垂れ死にが待っている　啼きたいな　啼きたいよ
戦争下　ツグミがクイクイ啼くのを聴きながら　イナゴの佃煮
の給食たべた　日章旗の翻る　国民学校正門
奉安殿の前で一同整列　滑空する
翼の折れたグライダー　啼きたいな　死にたいな
芋粥に添えるものなし　欲しがりません　勝つまでは

ヒトはなぜ自発的に服従するのですか　サルのお昼寝
あてどなく分解する美学はもう玉葱には戻れない
釣りに行く前に彼らは　強制収容所で一休みして　国家から迫害さ

れることを期待して　柔軟体操をする　それとともにまわり始めた
歯車の隙間で　黒豚の集まりをして　そして彼らは公衆便所で神を
冒瀆する　アルルして　ルルカして　サルサルして　タルルして
ナルルして　ルルルルルして　何の術策も狡猾さも持ち合わせない
こいつら　地下党員の揚蓋野郎だった
解釈妄想の淀んだ血にふくれる試験管
水道管紅い割れ目にテロリズム
疫病の貝の亡骸オストラシズム
去勢せよスーパーマンの手足に鎖
韃靼海峡白いシベリヤ帝国寒気団
平家茶屋と源氏珈琲店は離接する
菜の花やロマン派詩人に招かれて
わが死後も遊星海峡渦を巻く　それで困るのは毛虱だった　彼らは
まったく無鉄砲に暴れたのちに逆立ちし　殉教者の毒血が体内に流
れていることを発見した
我祖国軍人心得屠殺墓地　の前で自害なんぞするもんか
この頃はコンコン子狐ココア飲む

文化は　ギリシャ的かドイツ的か
そっちはそっち　こっちはこっちだ
南瓜か冬瓜か　それとも唐辛子か落花生か
それぞれ　きみの頭脳の路地裏を
けばけばしく飾り立てた霊柩車がお通りだ　あの中には昨日まで白日夢にうなされていた　きみと瓜二つのナナカマドの溺死体が横たわっている　啼きたいな　啼きたいよ　海底トンネルにエレベーターで降り　歩いて向こう岸の公園広場に出てみる　内も外も闇の中啼きたいなと啼きたいよの二人が　手をつないで散歩　雲間から真っ赤な月　風もない　海峡の両岸はなぜか見物客がびっしりと詰めかけ　道路の両岸は屋台がひしめいている　焼きイカ　焼きそば大判焼き　おでん　とうもろこし　ソフトクリーム　焼き芋　鯛焼き　金魚すくい　冷やしビール　オレンジジュースなどが売られている　両岸から海に材木を組み合わせた大きな筏が突き出ていてその上を黒々と人影がうごめき　いくらかざわめいたと思ったら

打ち上げられた花火　シュルシュルシュルシュル　中天に火の玉が上ったと思ったら　マグネシウムが白金色に閃き　炸裂すると　大輪の光の菊花が開いた　両岸の筏の上に黒い影はなく、自動点火で次から次へと打ち上げられる火の玉が　めくるめく花と開いて夜空を彩る公園広場は歓声を上げる人々で身動きできない　もう誰も踊っていない　この夜景はかつておれが生きていた頃見た夢だ
乳母車　チーズの小さな欠片ごめんねと言い
無学楽し　ミネルヴァの梟の遊園地
異教徒は火炎樹だった　と牡丹花
大統領紅白のペンキ塗られた　革命記念日
鬼百合や内心如菩薩　糞の跡
稲妻や処刑台上に　林檎かな
稲妻や口びる赤し　もぐらもち
虫食いの男雛女雛　退位する
キョッキョッキョッキョ　蛙に振られた記号論
なりなりてなりあまりてる　ご詔勅

蜜柑の皮　剝く無垢の皮剝いて
エピステーメーなんてやーめた　われ泳げり故にわれ魚類
きみの思考は大根的だなぁ　禿げ頭の霊魂に笑われて
焼魚の如く身と骨を切り離し読む　『征服されざる人々』
月清し　銃声一発王の首
監視せよ　狂気の如き馬鈴薯を
姥捨てや強制収容所　骨拾い
リンリの共犯者シリスリチリオリ　リリック
剽窃せよ　すべての作者に首がない
乙姫や　白骨になるまで捨ておきぬ
眼にみえぬきみの声する死後を行く　この道はどこまで続く啼きた
いな　啼きたいよ　海峡沿いの国道を北へ行くだろう　するとバス
停黒門がある　その横の喫茶ブリッジで今夜も幽霊がサンドイッチ
セット食べている　そこにヘミングウエイの殺し屋たちがどかどか
と入ってきて　大声で怒鳴り立てる　ハムエッグとベーコンエッグ
特性鰻のカバヤキ　レバー・ベーコンとステーキならすぐにできる

かい？　おれたちゃ急いでいるんだ　殺されるのを待っている鼠男
のところへ　それともチキン・コロッケにグリンピースのクリーム
ソースかけ　マッシュポテト付きだぜ　トマトと胡瓜を欠かすなよ
盗撮せよ　すべての調理場には自殺への警告がない

それから　啼きたいだけ啼いたら？
それから　警察署に行くのよ
それから　未開人見てきたようなウソを言え
それから　構造主義が逆立ちして歩いているよ
それから　コックは右手で左の耳たぶをつまんだ
それから　ストローでカルピス飲みなストロース
それから　コブだらけ体系好きなヤコブソン
それから　海から生まれた鯨が海を飲みつくした
それから　渡り鳥真似して飛ぶやエピゴーネン
それから　渡り鳥歩いて渡れぬ枯れすすき
それから　渡り鳥人間もゴキブリも主体消え

それから　黒田と清水が垂れ流し論争していた平和
それから　一息ついてシニフィアンの蓮根でも舐めてみるか

きみは数々の夢で海を犯し続けていた　時に巨大な貨物船の船室で眠っていても　きみの海への殺意は衰えなかっただろう　むしろ恐怖を求めて船室を抜け出し　小さなボートに乗りかえて　波風に揺られ転覆しそうになりながら　あちこちさまよった　きみは次々と異なる種類の海を取り換えながら　漂流を続けた　きみはその度に難破し、大洋に投げ出された　きみには何もかもはっきりと見てとれた　求めるものなどどこにもない　小さな航海と故意にする漂流がすべてだった　そしてその先には消滅しかなかった　溺死への恐怖がきみを生かしていた　永遠の無に勃起する　土釜で焚かれた秘教に拉致される信徒たち　彼らが渇望するあの真空管に　きみは到達したのだった　きみはもはや存在しない　きみは滑稽な湯豆腐ですらなかった　啼きたいな　啼きたいよ
月曜日万事順調だ　死の散歩

紫外線並んで待つ　誰が検閲してるのか月曜日
月曜日啼きたいよ　果てしなき落下
月曜日から始まる　もしかしてわれの排卵日
月曜日貝殻服着て　歩いてる
月曜日をついばむ　カワウやカイツブリの騒乱
啼きたい啼きたい　潮の流れに溺れる月曜日
月曜日殺し忘れた　幼年の虹
月曜日死んだ母衰え　歯車回らず
墓石狂って青空飛ぶ　月曜日の赤いスカート

どこからか火星人来て坐る　日暮れ時
あんまりこんなところに来ない方が　白いヴィーナス
陛下に馬乗りになって写りたかった　枇杷の花
あんたって二重スパイだったのね　貨物列車
もしかしてわれと啼きたい　ドウダンツツジ
さわやかに着こなす　厚顔無恥のドレス
雨ながら革命的タンポポ　死にたまへり

いかなる形態をとるにせよ　キプロス島で啼く鳥
すべてのイタリック体　胡散臭い唐辛子
死体派の受話器取ったら解体する

投石

わたしは身の毛がよだつばかりだった
空は墜ち　市街地は洪水に見舞われていた
しかし　そのことに誰もが気づかず
繁華街の商店は昨日のままの愛嬌を崩さず
買い物客たちは楽しそうに行き来していた
わたしは泥水に浸かりながら
重い足を引きずって歩いていた
水中の小石を一つ二つ三つ……拾い
大通りをせわし気に行く群衆に向かって投げた
（誰ということもなく　もしかしてわたし自身に向けて）
それは子供が手で折った紙飛行機のように

低空を舞いながら　群衆の眉間や胸に当たった
額から真っ青な血が噴きだし　一瞬　目を瞑る人もいるが
何事もない振りをして　次の買い物をしにデパートへと
足早に駆けて行く人もいる
小石はあどけない赤ん坊の頬にも当たった
幸せな笑みを浮かべた母親に抱かれている
赤ん坊は床板がきしむような奇妙な声で泣いた
母親が胸に抱いた生き物を揺すぶると
すぐに泣き声は止んだが　よく見ると
その顔は……幼い頃のわたしの顔だった
あちこちでしきりに小爆発が起こり　火の粉が飛ぶ
花火の小筒をもって　こどもたちが走り回っている
きょうは稲荷神社の祭礼なので
あちこちで　爆発音が響いても
（わたしがひそかに爆発し続けていても）
誰もテロだろうか　と疑っていない
青く晴れ上がった不安な空は墜ち

どこからくるのか　濁流は街のすべてを巻き込んでいるが
人々はみずからの足元の異常さにも
一つの街が消えうせる危機にも
気づくことがない

脱走四十四韻プラス一

あさぎりに　行く手阻まれ　敗けいくさ　いずくへか　われの行く
道　われ知らず　うしろには　ピンク・フロイド　アニマルズ　遠
近法　通るべからず　この坂は　尾をたれて　へつらっている　ひ
とやぃぬ　からっぽだ　かんかん鳴るぜ　かんおけが　希望など
響きもしない　少女星　くちなわを　食らうマングース　狂う口
けなみよき　家畜のごとき　家系かな　この樹には　天使はいない
蟬の殻　逆落とし　かけてゲバルト　旗立てて　シンゴジラ　豚の
饅頭　食べられず　スズランの　野に泡立ちて　発情す　施錠して
隠したものは　ほそき首　その通り　そうだよ蜘蛛たちの　生贄に
タンポポが　ポポポポポしている　日傘かな　ちりあくた　拾って編
んだ閑古鳥　つまりはこれが　妖術だよと　舌を出し　てんてこま

い　まいまいつぶり　文字つぶて　トレンドの　仮装している　案山子かな　ななかまど　色づくおまえに　犯される　ニヒリズム　鉤十字の旗　うち振られ　ぬばたまの　夜神楽に酔い　けつまずく　ねんねこや　ねずみ落としに　ねこいらず　野山超え　国境超える　テロリズム　初夢や　石化して行く　われを見る　炎にもまた　手足あり　舞い踊る　袋小路　やっと狂える　羽抜鶏　屁のカッパ　ややこしきかな　遠まわり　ぼやぼやと　ぼやけてるうちに　秋の暮れ　負け戦　奈落の底で　祝い酒　見よ東海に　死屍累々と　蛍舞う　むごたらし　裂けた記憶に　波吠える　メモランダム　ちぎっては捨てる　蟬しぐれ　もめむみま　煙る言葉に　羽蟻飛ぶ　山眠らず　海も眠らず　肌美しき　夕焼け糞焼け　少年の胸　夏痩せて　闇夜行く　時代の胸は　狭まりて　らんらんと　ひかるまなこに　ねむのはな　略奪の　野望を遂げたり　さくらんぼ　るんるるるん　鳥語で書かれた　空の本　レトリック　ポンポンダリアと潜水艦　呂律まわらず　渦巻く潮流　向日葵の花　われに似て　ごつごつしている　鰐よりも　疑問符が　とどかぬ空を　脱走し……

なんとかと

なんぱせん　ふるびたひゆに　あきれはて
なんかんに　やぶれたわれの　しずむふね
なんきつに　しにものぐるい　こたえでず
なんぱせず　ゆっくりねむり　ふはいする
なんぎする　なにほどのこと　なんななん
なんだって　もうまにあわず　あきのそら
なんてこと　いんちきぐるま　なぞとけず
なんまいも　ことなるやみの　えをかいて
なんもない　はくしいにんは　やめなはれ
なんてって　いきているのか　ことばなし
なんかいえ　だまっているな　あほんたれ

なんかいな　くろいひもなど　ときほぐす
ナンセンス　なわばりこえる　なにわぶし
なんとかと　かんとかとかが　かんかかかん
なんとなく　このままいきが　たえるはず

反復する、幼年

幼年の日々　われは転んでも　走っていた
幼年の日々　エノコログサと　猫じゃらし
幼年の日々　炎になれない　燃えがらのうた
幼年の日々　海鳴りの熱に　炎症する外耳道
幼年の日々　エノケンの　あなたまかせの自由論
幼年の日々　五歩六歩前進してから　後は逆立ち
幼年の日々　藁小屋に潜伏　ナイフ研ぐひそかに
幼年の日々　少女に変身　お河童頭にスカートはいて
幼年の日々　美空ひばりと　林檎食べ食べ
幼年の日々　砂ぼこりかぶって　うたう胡桃たち
幼年の日々　今夜も田舎芝居演じてた　殿様蛙

幼年の日々　泥鰌や小ぶなや　思う壺や
幼年の日々　藁帽子　つくつくぼうしつくぼうし
幼年の日々　麦の穂並みにかくれて　自傷する
幼年の日々　誰が好んで　干され焙られ　スルメイカ
　　まっすぐに　伸びる直線に　おびやかされ
　　隠れんぼう　わらわぬ鬼が　手の鳴る方へ
　　わが指先は　ひらかぬ扉に　すり減って
　　イナゴ食い　南無阿弥陀仏　唱えてた
　　どんぐりの　数を合わせて　占えば
空っ風　　ブラジャーの　下の蝗にも　霧流れ
空っぽ空っ穴　夜毎に飛行　B29戦闘爆撃機　炎上す
空っ腹　　地鳴り轟き　大地陥没する日　天赤く
　　蠟燭の灯に　闇固まりゆく　わが秘密
　　日照り続き　一粒の稲実らず　神仏なく
　　痩せこけた　灰色の風景　食べ尽くす
幼年の日々　あめのしたなし　土竜うごめく
幼年の日々　火の粉払って　野焼き芋喰う

幼年の日々　指の先　滴り落ちる　アメンボウ
幼年の日々　八つ面山　雲母盗掘する　暗い竪穴
幼年の日々　手に持つカンテラ　口紅の色
　幼年の日々　狂気渦巻く小川で　顔洗い
幼年の日々　詩知らず　喉仏知らず　十字架知らず
幼年の日々　汚れた猿股　目覚めなき詩　泳ぐ刃物
　幼年の日々　翼の折れた　エンゼルたち
幼年の日々　光よ　瓦礫よ　理屈なき命令
　幼年の日々　賽の一振り　蒼ざめた海
幼年の日々　ファンファン　ヴィルルシャル　矢作川
　するするするすると　幼年する幕降りて　暗くなり　かつて　幼き
日々　わたしは　よく夜中に目覚めた　そのことが　ぼんやり　浮
かんでくる　眠れないので　寝床の天井板の節穴を　数え出した
節穴は増えたり　減ったりした　とつぜん　穴がぶよぶよ膨らんで
白い髭の大鼠が現れたり　隣の家の一人住まいの婆が　じっと覗い
ていたりした　時に家の主として崇められ　追い出すことを禁じら
れている　青大将が首を出す　怖くて身体が硬くなり　節穴を何度

数えても　数が合わない　途中でやめたら　息が絶える　恐怖に震えて　また初めから数えるのだった　障子紙にかすかな明かりが射し　夜が明け始めたころ　ようやく短い眠りに入る　そのときまた夢を見る　後になって　この暁方の夢を思い出そうとするが　どうしても思い出せない　しかし　そのざらざらした手で　身体を撫でられる　乾いて　生温かい感じの怖さだけは　年を経ても消えない

出会い

これまで生きてきた年数よりも
これから生きられる　わずかな年月を
想うようになった
自分から働きかけるよりも
誰かから声をかけられるのを
待つようになった

夕べの散歩で雑木生い茂る山の麓に迷い込む
冷たい風に喜んで流れる雲の方向に
人の気配を怖れて　あわてて逃げる野鹿の
もっこりしたお尻から伸びる細い肢は

野性のもつばねの強さを語りかけた

賑やかな街の交差点で
大勢の人と並んで信号を待つ
誰もむっつりしてことばを発しない
でも　人はことばだけではなく
存在で語りかける　青信号で一歩を踏み出す
働く者の喜びと悲しみ　それがどうして
おまえの心音と共鳴しないことがあろうか

漂流

地下の狭い通路に　遮られ
明日は息絶えようとしている
おまえだけが　呼吸しているなんて
鋭い角をどこかに置き忘れてきたとしても
緑の深さを信じられなくなったとしても

かつえかわいていた　おまえは
一瞬というものの力を　信じようとしていた
それが罪の　いや罰の始まり
それから流れた　時に穏やかに
時に激しく揺れ動く　意志を研ぎ澄まし

どこにもとどまることなく
しかし　おまえは横殴りの風を切って
渦巻く暗い淵を覗いた
そこで　息絶えたものたちに囲まれている
青白く細い流木を見た

記憶は錆びたヤスリに削られて
いっそう薄っぺらな裸形になり
流れ流れる饒舌の中で　跳ねている
あの圧し折られた古木に
おまえは　かつて繋がれていた

こわれた家具が　散乱し
魂なんてヘンなものが　使い捨てられた
ボールのように萎んでいる朝
天国の入口なんて信じたことがない
おまえはついに……おまえを見失った

ある肖像

Yの死

男はいささか艶の消えた黒髪を　頭の上で右左に分けて　小さく波打たせていた　若くはないが老いてもいなかった　働き盛りを少し過ぎて　額の深い皺に疲れが滲み出た表情をしていた　自己主張をする時に膨らんだり　へこんだりする鼻は　なぜか少し平たくなっていた　黒い眉毛は濃く浮き出ていて　そこにいくらか若さが漂っている　分厚い唇にも　いささか不自然な薄い紅が塗られていたせいか　死の影が遠ざけられていた

男はおそらく物心がつく頃から周囲の者たちが　自分を正当に評価していない　と思っていた　そこに遊び友だちにも　家族の誰彼にも挑みかかる態度が生まれてい

た　自分の振る舞いや考えに対する反応を　過度に期待するあまり
引っ込み思案になるか　逆に相手を思いやる気持ちを欠いて　一方
的に自分の意志を押しつけた　その両極端に周りは恐れをなして離
反した　彼は自分と周囲を隔てる気流のとげとげしさに　たえきれ
なくなり　とつじょ　理由もなく暴れることが多くなった

最初の異
常な出来事は　小学四年生の時に教室で発生した　ホームルームの
時　彼がひそかにあこがれていた室長の女の子が　常日頃　何かと
非協力の彼の態度を非難した　それだけなら　彼はうなだれていれ
ばよかった　しかし　担任の若い女教師が　女の子の言い分に加担
して　彼が授業後の教室の掃除をさぼったり　給食の当番の時も
決められた作業をしなかったりすることを咎め　クラスメートの前
で厳しく叱責した　そこで彼の忍耐が切れた

教室の隅に立ててある
長い柄のついたモップを持ち出して　女教師を力の限り殴った　女

教師は教壇に倒れ　教室は無惨な修羅の場と化したが　同級生は遠巻きにして見ているばかりであった　異常に気付いた教員室から男性教師たちが駆け付け　荒れ狂っている彼の暴行は抑え込まれたすぐに男の家から母親が呼ばれた　父親は男が小学校に入学する前の年に　行方を暗まし　失踪していなかった　母親は近くの工場で商品の仕分けや詰め込み作業の内職をしていた　駆け付けると　顔や腕に怪我をした女教師の傍に駆け寄り　おろおろして　床に手をつかんばかりに頭を下げて謝った

補導の担当教員から　事の顚末を告げられ　小柄な母はますます小さく縮んで行くばかりであった彼女は校内の誰に対してもお辞儀を繰り返しながら　ひとまず保健室に隔離されている息子を　抱え込んで家に帰った　彼は母親には優しかった　家では悲嘆にくれる母に　ゴメンネを繰り返すばかりだった　しかし　それに似た事件は中学でも高校でも続き　遂に高校二年生の時　やはり同級生との間で暴力事件を起こし　相手が左足骨折の重傷を負ったので　停学ではすまず　中退せざるをえなか

った　こんな性癖の彼に　就職先の会社は　好意を持たず　いい仕事が与えられることはなかった

母はいつまで経っても結婚もできず身体を使う重労働と遊びの間を往復している息子の生活を思い　心労が尽きなかった　男はそれを思うようになってか　しだいに喧嘩や暴力の振る舞いから遠ざかっていった　おそらく彼はその頃から精神を病みだしていた　そのことを彼自身も周囲も気づかなかった仕事に身を入れず　誰に対しても　愛想よくし　笑みを絶やさない彼は　単に無気力なのだと思った　そして　彼はとつぜん　脳梗塞で倒れた　まだ　五十代半ばだった　わたしは彼の数少ない友人として　いちはやく弔問に訪れたのだが　まだ柩に入れられず　布団の中で眠っている彼に　死相は出ていなかった

彼は古びているがきれいに洗われたワイシャツに　カーキ色の背広を着せられて　いまにも起き上がりそうだったが　さすがに襟元には彼が好きだった

三毛猫柄の西陣織のネクタイはなかった　眼が異常に落ち込んでいることが気になったが　いまにも何か叫びだしそうな生気が　口元には漂っている　その時　彼の身体がわずかに動き　起き上がりそうな気配がした　わたしは思わず　そばにいる彼の母に　死者の異状を告げようとしたが　うつむいて坐り　死者よりも蒼ざめている彼女に　声が出なかった

敗荷

その先に無数の亀裂の入った道　古い墓石の並ぶ丘へ
歩いて　どこまでも　拒む土壁に沿って　歩き回り
すべてをうしなう　失って　しまう　きみの姿の
崩れおちることのない　音幻に共鳴する　野まで来た
日の出の出会い　藍色に　染まる　ムーンフェイスの
影の男と出逢う　衝撃　ショートする　伝染に気をつけろ！
そんな弱い　さそり座の　おとろえた光線を
語ってどうするのよ　よよと騙るな　な　ななめに
踊る　柿　書き　書く　隔離する　病室の　失意
死に対しつつ　っっ　筒の　音便に　つるんだするめ
めこめこする烏賊　の　疾疫の　軒から　からから風車

むき出した　伝染する　でんでん太鼓の　電線の
垂れた　怖い　こわす　こわれた戸口に　とぐろ巻く
くるくる　くるい　くるった　くるくる蛇の　眼の光
眼に　芽の見えない　ひまわりのはな　鼻　象の花が
わらわら　割らっちゃうよ　なぜか　笑えず　とつぜん
泥まみれで　遺棄された　息を切らし　よろよろ
よろよろ　歓びもなく　かなかな　と啼いて　日暮れる
かな書きする　悲しみの風に　ゆらゆら　揺らぐ　らら
無の　むむ　夢精　夢遊病者の　ゆうゆう　うゆうゆする
鼻　花水なく　芽は　目は　なぜか　く　くるくる
苦しい　くぼみ　みみ　ミラー　ヘンリー未来の
ラブレター　死とエロスの流れながれる便器のうえの
おもう　重い　おもいでの　歌なんか　詠まない
読みます　黄泉　夜目　詠めば　ますます　増子さぁん
お元気ですか　漢文読まない　ぷんぷん臭う
いやな臭いの　国家のべったり　べったり張り付いた
苔とかび　花瓶　かびの生えた　やまとの　どぶのくさい

びぶびぶ　美文の微分の草　臭い草むしりする　穴たの
こっかこっか　かあかあ鳴く　音のする　卵の黄身が
君が余の　よ　よよ　よだれの　骨化という　非道
火道徳　どくどく　流れる土苦　苦し　来たるべき死
くるし紛れ　間切れ　のののののめり　めりこむ道へ
紛れの毒を　のみ　蚤　飲み込まないで　満つ　蜜
蓮華の　みつの味　秘密の　あっ！　青かびの　野の礫死
しを　獅子　死なないで　雲雀なく　泣く　あい
会いにきて　愛　藍色に　そめないで　この時とばかり
はかりにかけて　古鍋の　黒い鍋底の　穴　坑を
除いてご覧　らんらんと　夜の窓辺に身を寄せて
古い毛　ふるいけや　蛙　亡くなり　五月闇　風流の
終りや　朝の乳房かな　かなかなと　カナリア鳴かず
ポリネシア　ここがしあんと　イナゴ飛ぶ　林檎一つ
見つけて　ぜつ棒する　伊良湖かな　耳に　いい
言葉を喰うな　いやいや　今夜は　コンコン　狐の
イヤリング　つけないで　割れ　われ等が　滅びの日

まて　待て　待とう　ホトトギス　ままて　待てんぞ
摩天楼に　ひとりの甲虫　粒っつぶ　呟かず　喚かず
かぶとを脱いで　すべての修飾も　秋色も脱いで
朽ちた　古びた約束の　からだに巻かれた縄を
断ち切り　おちおち　落ちる　散る血る恥で　空を
染める　処刑場の　鍋釜に　そっと身体を寄せて
静かな夜空を　流れる波の音に　無益　無用の
解読不能の　眼差しを向け　行方不明の　道化を
演じる　凪いでいる風　出光　イデアを　生きた
殻　からからまわる　かざぐるま　圧し折る　鉄砲の
パチンコ玉ではなく　爆薬でもなく　なく啼く　撃つ
言の葉の　空っ風に　玉　たまたま　球とぶ　魂の
溜まり場に　ためず　菊咲くや　キクイムシ　虫食い
杭打つ　わが魂に　よろよろ　よろけ　たわむれに
蒸れ　群れないで　無位無冠の　缶詰あけ　あけないで
独り　凜々　まだ馴れ初めぬ　恋路の　ぬか歓び
うかうかと　浮かぬ顔の　あめなめ　雨降る日の

ふらない　ふるふる　人の世の　のこのこ　おどおど
踊る　道化あり　どけどけ　どきな　無礼者め！
えらそうに　とめないで　江戸のおとめが　お咎め受け
あの木にも　あの木曽路にも　啼く夜明け前だったねぇ
名月や　めぃめぃ泣いてる　子羊が　迷路に　彷徨い
瑠璃色の　色紙　千切って降る　ふるふる　震える
年の初めの　狸汁　助けてくれと　人任せ　犬任せ
花笠かぶって　もやもやと　頭に　切りきり
霧かかり　俯せる　ふせないで　猫じゃ　猫じゃと
帯でじゃらして　二度殺す　縁側で　ひざのうえで
木枯らしや　声を涸らし　空っぽっぽ　鳩ぽっぽで
おたおた　たおれても　いきたえたえ　たえなる
しんがりの　がりがりの白いチョークを使いきるまで

死神

そろそろお出ましかな
あの時以来　なんども期待したのに
凍った額や鋭い爪の伸びた指先を見せただけで
それ以上は近づいて来なかった　あの野郎
でも　今度はたしかに　お出ましかな

あの時とは　奴が最初にやってきた
大海原の上のことだ
一九四七年の秋　わが国が戦いに負けた二年後だ
わが郷里の二つの小学校　五、六年生　三百人余り
古い石炭船を改造した　ボロ船に詰め込まれ

大浜港を深夜に出港した　台風来襲のニュースも知らず
伊勢湾を横切って　伊勢神宮に参拝する修学旅行
神殿に誰が祭られているのかの説明もなく
整列させられ　礼拝した　そして　戦後間もないこととて
泊まる旅館もない　罰当たりの楽しい旅の帰途
嵐を避けて　一時寄港した答志島を
なぜかとつぜん出発したのは　闇夜の八時頃
伊勢湾を横断して　三河湾に入り
家族が迎えに来ている　小さな港に帰る予定だった
こどもたちは船底に入りきらず　甲板上にあふれていた
思い思いにわずかなお土産を詰めたリュックを抱え……
そこに襲い掛かったのは　冷たい刃をむきだした暴風雨
横波をくらい　おおきな軋みをたてながら
激しく揺れる　老朽船
猛り狂った大波の山が甲板上に崩れ落ちる
小さな子らの耳の鼓膜を打つ大音響に混じって
死神が囁く低い声　船酔いに吐き苦しむ

蒼ざめたわが子たちよ　早くおいで　もうすぐ楽になるよ
雨水と海水で　全身びしょ濡れになりながら
耳をふさぎ　眼をつぶった

碧南市立鷲塚小学校と日進小学校の五、六年生　全員
難破船とともに　暴風下の伊勢湾に消える
あれは誰の仕業だったのか　この世にもあの世にも
人が発明した神などという奴は
いんちきちん　だから　死神だっていない
しかし　割れた闇空を貫く閃光とともに
人とは思えない怖ろしい金切り声だけは　たしかに聞いた
白っぽく光る額や　汚れた長い爪の指先の幻
あれが死神でなければ　誰だったのだろう　そして
死神を追いはらったのは　誰だったのだろう
お伊勢参りの小学生を乗せた石炭船は　荒波にもまれ
エンジン故障で伊勢湾を漂流した果てに
予定よりも十数時間遅れて　三河湾に入り

大浜港に帰った
全員が九死に一生を得た　災厄の日

あれから七十年が過ぎました
あの時以来　なんども機会があったのに
凍った額だけでなく　時にはにこやかな笑顔さえ見せて
握手さえ求めて　おいでなすったこともある
あの野郎　何を遠慮して足踏みしているのだろう
でも　今度はたしかに　お出ましかな

（「死神に魅せられた日」異稿）

岬にて

なぜか　理由もなく
わたしたちは　三つの形式を持っている
北の果ての海に臨んだ凍土という形式が一つだ
寒風に吹きさらされ　灯も消えかかっている燈台
みすぼらしいことばの衣裳に飢えていた
見えない対岸の白い氷の大陸に脅かされていた
引き返せば生きられるかもしれない
彼女の視界から　すでにすべては消えていた
恐怖は抒情の形式をとることができなかった
わたしたちの体温は下がるばかり
かつて荒れ狂っていた

犯行の針金や　熱いイデアの骨は溶けていた
進めばわたしたちの愛は　死の中で結ばれる
退けば別離が待っている
決断を北の果ての岬が強いた

岬は無惨に陥没し
押し寄せるのは荒い波ばかり
かつて歌いながら歩いた岬への道は
傷心の石ころが僅かに転がっているばかり
どんな舞台もドラマも失われたが
わたしたちはなお岬を演じなければならない
これが第二の形式だった
わたしたちが　作り上げたのは
嘘っぱちで捏ね上げたニセモノの岬
この軽はずみなパントマイムが
ホンモノより　観客のこころをとらえ
それは乾いた散文的な事件になった

風景はわたしたちから遠ざかり
一人称も二人称も　おそらく
粗末な帆船を組織するだけで流れた
わたしとあなたの歯車も愛の車輪も失われ
それが海への細道を狂わせた
やがて岬の記憶も失われるだろう

岬は南の青い海に没しながら
なおリズミカルな点滅を繰り返している
最後の灯台を愛惜する岬という形式が三つ目だ
かつてわたしたちは手をつないで
傾いている灯台への危うい道を歩いた
いかなるカーニバルからも遠い日に
しかし　あなたの髪には
野の花が添えられていたかもしれない
死からも別離からも遠く
やわらかな商品のように互いを扱う

日常への道　無垢も情欲も死に絶え
すべてのアルバムは黄ばみ忘れられ
廃品回収される日々
溺れながら　没し行く岬が最後にあげている
叫びを誰が聞いているのだろう

石変化

わたしは柔らかい　石くれ
ひび割れているが　こわれない孤独
夜の瞼に塞がれて　決して解けない
夢に包まれている　まっすぐに伸びる
樹木においしげる　枝葉をうらやんで
そのささやく声に　耳を澄ます

あいかわらず　夜明けは
吠えている　あの野良犬ほどの
飢えもない　光に眼をつぶされた
硬い無言の外殻に包まれて

みずからの奈落も　破滅も知らず
風化しながら　地表を這わされている
屈辱に満たされた　静かな平安

もしかして　滅びの予感も知らない
わたしは硬直した　石くれの思考
ちょっとした悪意　傷口から伸びてくる
見えない棍棒の一撃によって
粉々に砕け散る　愚かなメタファーの沈黙
おまえにふさわしい　すべての翼の死んだ
明日が用意されている

夢散歩

詩集の後に

昼夜を分かたず
歩いているのは誰？
呼吸するリズムを忘れ
あるいは花粉のアレルゲンを怖れ
いくつもの異なる性が錯綜する
エロスの毛深い行から行へ
野や森の栗鼠のたわむれる優しい小道を嫌って
限りなく欲望を喚び起こす
ショー・ウインドーに並び立つ装飾的な文体を避け
それでも寝食を忘れて歩いているのは誰？
狂気の罠の仕掛けられた道なき道

その切れ切れの危ないライン
死の青い淵に流れ込む幾筋もの急流を構え
快楽の肉の苦しいざわめきの沸き起こる細い難路を
おまえが避けようとせず
むしろ自ら望んで歩こうとするのは何故?
おまえの傷だらけの足にまといつく
燃え尽きることのない夢の泡立ち
痛みを増幅する心臓の装置
まがまがしい死の道行きを望む
こんな渇きがくるとは不思議だ
思ってもみなかった魂によく似た
円筒形の玉葱が　あれあれ………脚がないので
果てもなく転がっていくよ
危険な急勾配の坂道を

後記

この詩集には、わたしが二〇一三年九月一日に創刊し、そして、二〇一八年十二月三十一日の日付で終刊号（第十四・十五号合併）を出した、詩と批評の〈ひとり雑誌〉「KYO（峡）」に、発表した作品のすべてと、同時期に他の雑誌や新聞に発表した少数の詩を収めている。この雑誌には、他に連載評論「吉本隆明の詩と思想」や沢山のエッセー、雑文を書いた。わたしのやりたいことをやった、たいへんわがままな雑誌であったが、直接購読する、という形で、それを支えて下さった、購読者の皆さんに改めて感謝します。また、この雑誌の制作は、ブックデザインとDTPスキルに熟達した加藤邦彦さんが、全面的に助けて下さったこともここに記してお礼に代えたい。

実は前詩集『なぜ詩を書き続けるのか、と問われて』を編んでいた時、わたしは自分の年齢を考えても、これが最期の詩集になるだろうな、という気がした。それがこの詩集の題名にも映し出されている。しかし、その後も以前にもまして、多くの詩を書く意欲が湧いてきたのは何故なのか、この疑問に自分でも答えることは難しいが、ひとつの契機を言えば、先の個人誌「KYO（峡）」を出したことを欠かしては説明できない。自主的な発表の場を作ったことが、わたしの詩作意欲を刺激したのかもしれない。

この度の詩集も思潮社から出る。編集長高木真史さんにお世話をいただくことになっている。装幀は今回も毛利一枝さんにお願いした。以前と変わらず快く引き受けて下さったお二人に、感謝の気持ちをお伝えしたい。

二〇二二年四月十三日　　　　北川透

傳《でん》奇《き》集《しゅう》

著者
北川《きたがわ》　透《とおる》
発行者
小田久郎
発行所
株式会社　思潮社
〒一六二―〇八四二　東京都新宿区市谷砂土原町三―十五
電話　〇三（五八〇五）七五〇一（営業）
　　　〇三（三二六七）八一四一（編集）
印刷・製本
三報社印刷株式会社
発行日
二〇二三年十月三十一日